許皓
林哲宇 著

一本速學！
秒懂考試
最常用錯的英文字
301個易混淆的大考核心單字一網打盡

英檢
初級　英檢
中級　學測　高中
升學考　皆適用

ENGLISH TEST

大考字彙―真實生活運用
Common Usage in Real Life

　　大家好，我是 FB 創譯兄弟的衛司理，人生超過千場的講席，包括升學與商英檢定等認證大考的專案講師與師訓講者，海內外已出版多本語言書，本書的出生更是想將「大考字彙」+「真實生活運用」+「各式指標考題」做完美連結。

　　本書是採用「字組沿革」、「多項生活例句」和「考題整理」與「英美小知識」，期待讓學習者得以輕鬆釐清而不再害怕使用。

　　此次非常開心能與林哲宇老師合作，專業的講師與合作者，除同對考題的專業熟悉性，他的仔細和一樣吹毛求疵的求證精神，讓我們的合作得以多次互檢，互信與安心，讓本書更臻實用完美。

許皓（衛司理 Wesley）

寫作不 NG——你，用對字了嗎？

大家好，我是哲宇老師，懿城補習班創辦人，很開心這次能與許皓老師共同編撰此書，結合彼此多年的教學經驗與詞彙研究，創造出這本結合考題的著作。

你有沒有發生過，有時想稱讚人，卻不小心讓人誤解的狀況呢？其實這個問題不僅在中文，有時候英文也會發生類似的尷尬情況！例如：mature 指的是「外表、年紀或想法上的成熟」，而 ripe 則是指「果實、種子的成熟」；兩個單字中文意思一樣，放在句子裡所代表的文意可是大不相同！

《一本速學！秒懂考試最常用錯的英文字》這本書最大的特點，就是使用「真實考題」來搭配單字，目的是希望能夠協助累積語感，讓讀者於書寫時能夠「選對字、用對詞，寫作不 NG」。接下來，就讓我們一起來用心體會文字的奧妙吧！

林哲宇

PART10 —————— 299

英語小知識 **10** 迴紋針（Paper clip）

易混淆的大考核心單字

1. 拋棄（abandon, desert, forsake）
2. 綁架（abduct, kidnap）
3. 懷疑（suspect, doubt）
4. 尊敬的（respectful, respectable）
5. 赤裸的（bare, naked, topless）
6. 諷刺的（icronic, sarcastic）
7. 犯罪、罪（crime, guilt, sin）
8. 畫（draw, paint, painting, drawing）
9. 濃縮、精簡（abbreviate, compress/condense, acronym, shorten）
10. 也許、可能（probably, probably, possibly）

01 拋棄
(abandon, desert, forsake)

☞ **abandon (vt.)** 情勢無法待下去或永遠拋棄某事物
☞ **desert (vt.)** 棄離某事物不想再回去；**(n.)** 沙漠；**(adj.)** 荒蕪的
☞ **forsake (vt.)** 不情願地離開某事物；[法律] 拋棄（權力）

1: He **abandoned/ deserted/ forsook** her wife and ran away with another woman.
他**拋棄**他的妻子和另一個女人私奔了。

2: I **deserted** my job for studying abroad.
我為了留學而**放棄**我的工作。

3: Tom's wife pleaded with him not to **forsake** her.
湯姆的妻子懇求不要**遺棄**她。

4: I **forsook** my home and friends to pursue my dream.
我**離開**了家鄉和朋友去追尋我的夢想。

補充：abandon 可以指放棄某個想法、信念或態度。

5: John **abandoned** his career to spend more time with his family.
約翰**放棄**了事業陪伴家人。

6: Jimmy finally **abandoned** his male chauvinism idea.
吉米終於**放棄**了他的大男人主義思想。

補充：deserted (adj.) 指空無一人

7: The house has been **deserted**.
這房子**空無一人**。

8: The village seemed **deserted** in addition to the elderly, the disabled, pregnant women and passengers with children.
整個村子的人像是都**逃光**了，除了一些老弱婦孺外。

補充：desert (vt.) 暫時喪失某感覺、技能或特質。（主詞是特質，受詞是人）

9: All my confidence **deserted** me.
我**失去**了所有的信心。

補充：desert (adj.) 荒蕪的

10: Kathy doesn't like to live in that **desert** region.
凱西並不喜歡住在那個**沙漠**地區。

02 綁架
（abduct, kidnap）

☞ **abduct (vt.)** 綁票小孩或年輕人，意圖殺害或性侵
☞ **kidnap (vt.)** 綁票的目的是要索取贖金

1： I can't imagine how you feel about **kidnapping** children. As for me, it's really nervous and creepy.
我無法想像你對於綁架兒童的感受如何。對我來說，這真的令人毛骨悚然。

2： The wife of the shopkeeper was **abducted** from her home in Taichung last Sunday.
上週日在台中，店主的妻子在家中被綁架了。

3： He was **abducted** last night, and the kidnapper demanded a ransom of $1 million for his release.
他昨晚被綁票，然後綁匪要求一百萬元贖金放人。

4： **Kidnappings** are felonious crime and the offenders are sentenced to death penalty.
綁架是重大犯罪，犯人最高可處以死刑。

5： The executive of this high-tech company was **abducted** from his car by terrorists.
這間高科技公司的主管從車上被恐怖份子綁架走了。

6： Lisa swore to take her revenge on the **kidnappers**.
麗莎發誓要向綁架者復仇。（take revenge on 向 .. 復仇）

7： Hurry up! There's an **abducted** girl in that van.
快一點！那廂型車裡有個女孩被綁架了。

8： Didn't you say that John was **abducted** an hour ago?
你不是說約翰一小時前被綁架了嗎？

03 懷疑 (suspect, doubt)

☞ **suspect** (vt.) 有證據的懷疑或對某事有所懷疑 (通常指不好的事) ; (n.) 嫌疑犯

☞ **doubt** (vt.) 沒有證據的懷疑, 或覺得事情是假的、不可能發生

 後面接名詞時, 基本上兩者可以通用;若有上下文時, 則依上下文來判別。

1 : They **suspect** him to be the murder.
他們**懷疑**他是兇手。

2 : I **doubt** if he is honest.
我懷疑他是否**誠實可靠**。

3 : If there is any **doubt** about the project, we need to recheck again.
如果對於這計畫有任何**問題**, 應該要再重新檢視一次。

4 : Do you have any clues to **suspect** that John commit a sin?
你有任何線索去**懷疑**約翰犯了罪嗎?

5 : The police let the **suspect** go.
警察釋放了**嫌疑犯**。

補充:**undoubtedly, without a doubt, it goes without saying that~** 無庸置疑

6 : Undoubtedly, the news that self-driving car has been produced.

⇒ **Without a doubt**, the news that self-driving car has been produced.

⇒ **It goes without saying that** self-driving car has been produced.
無庸置疑, 自動駕駛車輛已經被發明出來了。

04 尊敬的
(respectful, respectable)

☞ **respectful (adj.)** 對某人表示尊敬
☞ **respectable (adj.)** 某人是被敬重的（主詞本身是具名聲地位、或聲名遠播）

1： My students are **respectful** to me.
我的學生們對我很**尊敬**。

2： Edison is a **respectable** inventor.
愛迪生是一位**令人敬重的**發明家。

3： The crowd stood in **respectful** silence as the funeral procession went by.
當送葬隊伍經過時，人群沉默地**肅立**著。

4： He is always **respectful** to older people.
他一向**尊敬**年長者。

補充：respective 個別的、各自的

5： After the party, we went back to our **respective** homes.
派對過後，我們**各自**回家。

6： The workers explained their **respective** problems to the shop steward.
工人向工會代表解釋他們**各自的**問題。

7： Toys and furniture are sold on the second and third floors **respectively**.
玩具和家具**分別**在二、三樓皆有販賣。

05 赤裸的
(bare, naked, topless)

☞ **bare (adj.)** 指身體某一部位沒被衣物覆蓋；**(adj.)** 僅僅的、勉強的
☞ **naked (adj.)** 指全身沒穿衣服；裸體
☞ **topless (adj.) (adv.)** 指女性上半身沒穿衣物

1： Some women strolled **topless** on the beach.
有幾個女人上半身沒穿衣服在沙灘上閒晃。

2： The boys ran **naked/ nude** around the playground.
那些男孩在操場周圍裸奔。

3： Not one part of his body was **bare**.
他身上沒有任何一處裸露。

4： The sign says, "**Topless** bathing forbidden."
這則告示寫著：「禁止裸胸游泳。」

5： The child was **bare to the waist**.
那孩子打赤膊。

6： All they had were the **bare necessities of life**.
他們所有的僅僅是生活必需品。

7： The stone floor felt like ice to my **bare** feet.
在我赤裸的腳上感受到了石頭地板的冰冷。

06 諷刺的
(icronic, sarcastic)

☞ **ironic (adj.)** 反話的、諷刺的 (帶幽默感的諷刺)
☞ **sarcastic (adj.)** 諷刺的、嘲諷的 (帶有貶抑)

1 : The teacher's **sarcastic** comment about Cindy's essay made her cry.
老師對辛蒂作文的**嘲諷**評論使她哭了。

2 : Tina met his eyes with an **ironic** little smile.
蒂娜對他投以**挪揄**的淺笑。

3 : The latter charge was especially **ironic**.
後一項指責特別令人**哭笑不得**。

4 : In his early and lightly **ironic** work, his criticism was restrained.
在他早期稍含**諷刺**的作品裡面，批評口吻也很克制。

5 : He said it with a **sarcastic** meaning.
他說這話時帶有一點**嘲諷**的意味。

6 : Don't talk with me with **sarcastic** tone.
不要語帶**嘲諷**。

7 : I meant it seriously, but it is sounded **sarcastic**.
我這是真心話，但聽起來有一點**嘲諷的感覺**。

8 : John turned to me with a **sarcastic** smile, and I felt that I was screwed.
約翰轉過頭來帶著一副**諷刺**的笑容看著我，我感覺我要完蛋了。

07 犯罪、罪
（crime, guilt, sin）

☞ **crime (n.)** 觸犯法律的犯罪（已定罪）
☞ **guilt (n.)** 指違法行為（尚未定罪）；**guilty (adj.)** 有罪惡感的、內疚的
☞ **sin (n.)** 違反道德或宗教的罪

1： The criminal didn't feel **guilty** for the killing.
這罪犯殺了人沒有感到罪惡感。

2： Murdering and treason are severe **crime**. The criminal will be sentenced to death penalties in my country.
謀殺與叛國都是很嚴重的罪刑。犯人在我國都要處以死刑。

3： God may forgive your **sin**, but your nervous system will not.
上帝也許會寬恕你的罪過，但你的良心會過意不去。

4： **Crimes** of violence carry heavy penalties.
暴力罪刑要承受嚴厲的懲罰。

5： He made a clean breast of his **crime** to the police.
他向警方如實招供他的犯罪行為。(make a clean breast of 如實招供)

6： Don't make yourself some sort of special **guilt** about it.
不要為此感到特別內疚。

7： The evidence proved his **guilt**.
他堅決否認自己有罪。

8： Remission of **sins** is promised to those who repent.
懺悔罪過的人可得到赦免。

08 ▶ 畫
（draw, paint, painting, drawing）

☞ **draw (vt.)** 無色（鉛筆、粉筆描繪的草圖）；吸取
☞ **paint (vt.)** 有色； **(n.)** 顏料
☞ **painting (n.)** 水彩畫、油畫等
☞ **drawing (n.)** 素描

1 : Look at this lovely Christmas present he bought me, a large **oil painting** of my hometown.
看他給我買的聖誕禮物多好，是一張描寫我家鄉的大幅**油畫**。

2 : You are good at **drawing**, aren't you?
你擅長**素描**，對嗎？

3 : This is David's latest **drawing** of a steam engine.
這是大衛最近畫的一張蒸氣火車的**素描**。

4 : My sister has taken up **painting** as her new hobby.
我妹妹把**畫畫**當成她的新的嗜好了。

5 : These theories **drew** analogies of them.
這些理論**吸取**了它們的相同點。

6 : He thought it would be cowardly to **draw back**.
他認為**後退**就是示弱。（draw back 後退）

7 : The brick wall outside the house needs **painting**.
屋外的磚牆要**油漆**了。

8 : The interiors were plastered but not **painted**.
內部經過粉刷但還沒有**油漆**。

09 濃縮、精簡（abbreviate/shorten, compress/condense, acronym, shorten）

☞ **abbreviate (vt.)** 縮寫單字
☞ **compress/condense (vt.)** 精簡（文章，只講重點）
☞ **acronym (n.)** 單字字首縮寫
☞ **shorten (vt.)** 縮短文章

1： "NY" is an **acronym** for "New York".
NY 是紐約的縮寫。

2： Please **condense** this chapter into a brief summary, and **compress** each argument into three sentences.
請把這章節濃縮成一個簡短摘要，然後把每一個論點精簡成三句話。

3： "Professor" is often **abbreviated** to "Prof.".
Professor 時常被縮寫成 Prof.。

4： I like to **abbreviate** my name so as to remember me easily.
我喜歡縮寫我的名字，才能讓人更容易記得我。

5： It is impossible to **compress** the story of the World War II into a few pages.
把第二次世界大戰的事情濃縮成幾頁是不可能的。

6： Kiss is an **acronym** that my brother used in the sentence, "Keep it simple, stupid."
Kiss 實際上是我弟弟使用的一句話的首字母縮寫，「笨蛋，要簡化。」

7： My teacher asked me to **shorten** the report to one page.
我的老師要我把報告縮短為一頁。

10 也許、可能
(probably, probably, possibly)

☞ **probably (adv.)** 很可能發生，發生機率為 50% 以上
☞ **perhaps (adv.)** 跟 maybe 可以替代使用、發生機率為 50%
☞ **possibly (adv.)** 發生機率比 50% 更低

1 : **Perhaps/ Maybe** it's not good for a teenager to be active on phubbing.
也許對於青少年來說沉迷於手機是不好的。

2 : Judy is not answering, so I think she's **probably** asleep.
朱蒂沒回應，我想她應該睡著了。

3 : Nothing can **possibly** excuse him for insulting an innocent boy.
羞辱一個無辜的男孩，無論怎樣都不能原諒他。

4 : It will **possibly** be rain today.
今天可能會下雨。

5 : John **probably** broke up with Gina already.
約翰可能早就和吉娜分手了。

6 : **Maybe** I should tell her the truth.
也許我該跟她說出事實。

7 : Don't be silly! He can't **possibly** lend you so much money.
別傻了！他才不可能借你這麼多錢。

( ) **1.** No matter what situation you meet, don't **give up** your dream.（找出同義字）[英檢模擬真題 (初級)]

(A) abandon (B) dessert (C) swear (D) abundant

( ) **2.** The house _____ 50 years ago seems _____. [英檢模擬真題 (初級)]

(A) built ⋯ deserted (B) building ⋯ deserting (C) to build ⋯ deserted (D) been built ⋯ deserted

( ) **3.** After years of hard work, Kareem has not only realized his dream but also transformed a piece of _____ property into a beautiful forest. [105 學測]

(A) encouraged (B) ignored (C) survived (D) deserted

( ) **4.** In the _____, camels are often used as a mean of conveying or transportation. [英檢模擬真題 (中級)]

(A) dessert (B) asset (C) access (D) desert

( ) **5.** _____ in the Atacama Desert. [英檢模擬真題 (初級)]

(A) It never rains (B) It rains never (C) Never it rains (D) Never rains it

( ) **6.** The desert area is _____ populated. [英檢模擬真題 (中級)]

(A) sparsely (B) specifically (C) explicitly (D) implicitly

( ) **7.** Scoot Airline Flight 622 from New Zealand to Taipei with an intermediate stop; in Singapore will _____ in 20 minutes. [多益模擬真題]

(A) depart (B) abandon (C) hasten (D) abolish

( ) **8.** The fish I caught was so _____ that I couldn't carry it back home, so you need to believe me that it was really huge. [英檢模擬真題 (中級)]

(A) forsaken (B) immense (C) unsuitable (D) misgiving

解題說明

1. 無論遇到什麼情況，不要放棄你的夢想。

   (A) 放棄 (B) 點心 (C) 發誓 (D) 豐富的

2. 這棟五十年前建造的房子似乎無人居住。

   Ans: The house ~~which was~~ built 50 years ago seems deserted.

   第一個空格以 the house 作為先行詞，填入答案 which was built，省略關代後留下主要動詞 built；第二個則是在 seem (連綴動詞) 後面接上形容詞 deserted。

3. 經過多年的努力，Kareem 不僅實現了自己的夢想，更把一片廢棄的土地變成了一座美麗的森林。

   (A) 鼓勵 (B) 忽視 (C) 存活 (D) 拋棄

4. 在沙漠裡，駱駝經常被當作傳達或運輸的工具。

   (A) 點心 (B) 資產 (C) 接近 (D) 沙漠

5. 阿塔卡馬沙漠從未下雨。

   副詞 never 必須放在 be 後、助後與一般動詞前，而這邊的 rain 是當動詞使用，所以答案選 (A)

   > **補充** 副詞放句首時，子句倒裝；倒裝時請注意時態。
   > Eg: It never rains in the Atacama Desert.
   > ⇒ Never does it rain in the Atacama Desert.

6. 沙漠地區居住人口稀少。

   (A) 稀少地 (B) 明確地 (C) 明確地 (D) 暗示地

7. 酷航班機 622 從紐西蘭到台北時有一個轉機點；在新加坡將停留 20 分鐘後出發。

   (A) 出發 (B) 放棄 (C) 加速 (D) 廢除

8. 我抓到的魚是如此的大以至於我沒辦法把牠帶回家，你要相信我，牠真的很大隻。

   (A) 被拋棄的 (B) 巨大的 (C) 不適合的 (D) 令人擔憂的

Ans: AADDAAAB

( ) **1.** Couple jailed for 260 years for _____ a girl and trying to blackmail her parents. [多益模擬真題]

(A) hijacking (B) indulging (C) bringing (D) kidnapping

( ) **2.** Now an update on the London _____ : Three people are confirmed dead on the plane. [多益模擬真題]

(A) hijacking (B) abducting (C) bringing (D) deducting

( ) **3.** Bill and Sam decided to _____ the son of a banker to compensate for their business loss. [105 學測]

(A) snap (B) kidnap (C) nap (D) napkin

( ) **4.** Our family doctor has repeatedly warned me that spicy food may _____ my stomach, so I'd better stay away from it. [103 學測]

(A) irritate (B) liberate (C) kidnap (D) override

( ) **5.** The Agency Against Corruption is forced to _____ an investigation into the bribery case of the governor. [多益模擬真題 (中級)]

(A) abduct (B) conduct (C) deduct (D) induct

( ) **6.** It is wrong for a policeman to _____ his/ her power while in office. [英檢模擬真題 (中級)]

(A) attempt (B) abduct (C) assault (D) abuse

( ) **7.** I can't believe that Tim tried to _____ his neighbor's child to get money. [英檢模擬真題 (中級)]

(A) vanish (B) kidnap (C) wreck (D) strand

1. 一對夫婦因為試圖綁架一個女孩並勒索她的家人而被判刑 260 年。

(A) 劫持 (B) 放縱、沉溺於 (C) 帶來
(D) 綁架

2. 倫敦劫機的最新消息：機上有三位民眾已確認死亡。

(A) 劫持 (B) 綁架 (C) 帶來 (D) 扣除

3. 比爾和山姆決定要綁架一位銀行家的兒子來彌補他們業務損失。

(A) 折斷 (B) 綁架 (C) 午睡 (D) 餐巾

> 補充 compensate for 補償

4. 我們的家庭醫生反覆警告我，辛辣食物可能會刺激肚子，所以我最好遠離它。

(A) 激怒、使難受 (B) 解放 (C) 綁架 (D) 撤銷

> 補充 stay away from 遠離…

5. 廉政公署要對行政長官收賄一案展開調查。

(A) 綁架 (B) 引導、管理 (C) 扣除 (D) 誘惑

> 補充 be forced to 被強迫、不得不

6. 警察在任職期間濫用公權力是錯誤的。

(A) 企圖 (B) 綁架 (C) 攻擊 (D) 濫用

> 補充 in office 任職期間；in the office 辦公；at the office 在辦公室
> Eg1: The manager will meet you at the office. 經理會在辦公室見你。
> Eg2: I'm in my office. 我正在工作。

7. 我無法相信提姆綁架鄰居的小孩要求贖金。

(A) 消失 (B) 拐騙、綁架 (C) 破壞、拆除 (D) 使…陷於困境

Ans: DABABDB

( ) **1.** My watch is gone, and I _____ if Tom takes it out by accident. [英檢模擬真題 (中級)]

(A) doubt (B) suspect (C) expect (D) prospect

( ) **2.** You _____ what you believe because you have no evidence to prove your thinking. [多益模擬真題]

(A) doubt (B) double (C) suspect (D) suspend

( ) **3.** With more evidences coming out, I _____ that he is the murder. [英檢模擬真題 (中級)]

(A) inspect (B) doubt (C) suspect (D) respect

( ) **4.** Badly injured in the car accident, Jason could _____ move his legs and was sent to the hospital right away. [99 學測]

(A) accordingly (B) undoubtedly (C) handily (D) scarcely

( ) **5.** Though Kevin failed in last year's singing contest, he didn't feel _____ . This year he practiced day and night and finally won first place in the competition. [102 學測]

(A) relieved (B) suspected (C) discounted (D) frustrated

( ) **6.** Little _____ that Bill has been failing all his subjects at school! [英檢模擬真題 (中級)]

(A) his father suspects (B) suspects his father (C) his father to suspect (D) does his father suspect

( ) **7.** Upon seeing the police car behind him, the suspect _____ his truck and disappeared into a gravel road. [英檢模擬真題 (中級)]

(A) accelerated (B) alleviated (C) allocated (D) authorized

1. 我的手錶不見了，我懷疑湯姆不小心把它拿走了。

(A) 懷疑 (B) 懷疑 (C) 期望 (D) 尋找、探勘

2. 你懷疑你所相信的事情是因為你沒有證據去證明你的想法。

(A) 懷疑 (B) 使加倍 (C) 懷疑 (D) 懸掛、中止

3. 隨著更多的證據出現，我更加懷疑他是兇手了。

(A) 檢查 (B) 懷疑 (C) 懷疑 (D) 尊重

4. 車禍中受重傷，Jason 的腿幾乎不能動，被立即送往醫院。

(A) 因此 (B) 無疑地 (C) 方便地 (D) 幾乎不

5. 雖然 Kevin 去年歌唱比賽失利，但他並不覺得沮喪。今年，他日以繼夜地練習，終於贏得第一名。

(A) 放心的 (B) 有嫌疑的 (C) 折扣的 (D) 沮喪的

> 補充 day and night 日以繼夜

6. 比爾的在校學科都沒通過，他的父親一點都不懷疑。

> 補充 副詞倒裝句口訣：副詞（little）放句首，子句倒裝。切記倒裝時要加 do/ does。
> 原　句：Bill's father little suspects that Bill has been failing all his subjects at school!
> 倒裝：Little does bill's father suspect that bill has been failing all his subject at school.

7. 嫌犯看到身後的警車後就將卡車加速，消失在碎石路上了。

(A) 加速 (B) 使緩和 (C) 分配 (D) 授權

Ans: AACDDDA

( ) **1.** Our boss is a very _____ man. [英檢模擬真題 (初級)]

(A) respiratory (B) respectable (C) redeem (D) respectful

( ) **2.** The soldier kept a _____ silence to the national flag. [英檢模擬真題 (初級)]

(A) respective (B) resemble (C) residential (D) respectful

( ) **3.** "Respected" means that people do actually _____ him. [英檢模擬真題 (初級)]

(A) respective (B) reimburse (C) respect (D) reinless

( ) **4.** You should translate this Chinese passage into English as _____ as you can so that everything in the original can be represented accurately. [100 中模指考]

(A) respectively (B) flexibly (C) considerably (D) faithfully

( ) **5.** Analysts are optimistic about the _____ of the nation's economy in the next 10 years. [英檢模擬真題 (中級)]

(A) respect (B) prospect (C) retrospect (D) expect

( ) **6.** Therefore, the original users of words, such as storytellers, poets, and singers, _____ in all cultures in the past. [100 指考]

(A) respecting (B) respects (C) were respected (D) respected

( ) **7.** You should treat your employees with fairness and _____ if you want them to look up to you. [多益模擬真題]

(A) respect (B) respected (C) respecting (D) to respect

( ) **8.** If I criticize him, he gets _____ and starts shouting. [英檢模擬真題 (中級)]

(A) emotional (B) respectful (C) faithful (D) aggressive

( ) **9.** The research is well _____ in the academic community. [英檢模擬真題 (初級)]

(A) respects (B) respectful (C) respecting (D) respected

1. 我們的老闆是一位備受尊敬的人。
   (A) 呼吸的 (B) 令人敬重的 (C) 贖回
   (D) 尊敬的

2. 士兵對國旗保持靜默。
   (A) 個別的 (B) 與…相似 (C) 與住宅有關的
   (D) 尊敬的

3. 「受尊敬」是指人們實際上很尊重對方。
   (A) 個別的 (B) 償還 (C) 尊重 (D) 不受控制的

4. 你應該盡可能靈活地將中文文章翻譯成英文，這樣就可以準確地表示原稿中的所有內容。
   (A) 各自的 (B) 靈活地、有彈性地 (C) 相當地 (D) 忠實地

5. 分析人士對於美國未來十年的經濟前景表示樂觀。
   (A) 尊重 (B) 前景 (C) 回顧 (D) 期待

6. 因此，文字的使用者，例如說故事者、詩人以及歌手，在過去於各文化中都受到尊敬。

7. 如果想要員工尊重你的話，應該要公平且尊重對待他們。

8. 如果我批評他，他就變得情緒化並開始大吼大叫。
   (A) 情緒化的 (B) 崇敬的 (C) 忠實的 (D) 挑釁的、侵略的、好鬥的

9. 這個研究在學術界享有極高的聲譽。

Ans: BDCBBCADD

( ) **1.** The baby was _____ , so his mom put some clothes on him. [英檢模擬真題 (初級)]

(A) bare (B) naked (C) barbed (D) narcose

( ) **2.** May likes to walk on the grass with _____ feet. [英檢模擬真題 (初級)]

(A) bare (B) topple (C) topless (D) barbarous

( ) **3.** The number of women who sunbathe _____ at the beach is falling. [英檢模擬真題 (初級)]

(A) nuclear (B) naked (C) topless (D) tuck

( ) **4.** On a sunny afternoon last month, we all took off our shoes and walked on the grass with _____ feet. [103 學測]

(A) bare (B) raw (C) tough (D) slippery

( ) **5.** The project was carried out with _____ disturbance to the local environment. [英檢模擬真題 (中級)]

(A) bare (B) smallest (C) minimal (D) maximal

( ) **6.** There's no carpet in the room, just _____ floorboards. [英檢模擬真題 (初級)]

(A) bare (B) bazaar (C) barbaric (D) backbreaking

( ) **7.** Microscopes are used in medical research labs for studying bacteria or _____ that are too small to be visible to the naked eye. [105 指考]

(A) agencies (B) codes (C) germs (D) indexes

1. 孩子沒穿衣服，所以他媽媽為他穿上了衣服。
   (A) 裸露的 (B) 赤裸的 (C) 有刺的
   (D) 昏迷的

2. 梅喜歡赤腳在草地上行走。
   (A) 裸露的 (B) 使倒塌 (C) 上半身裸露的 (D) 野蠻的

3. 在沙灘上做日光浴的女人愈來愈少了。
   (A) 核能的 (B) 裸露的 (C) 上半身赤裸的 (D) 把…塞入

4. 上個月在一個陽光明媚的下午，我們都脫下鞋子，赤腳走在草地上。
   (A) 裸露 (B) 生的 (C) 艱苦的、堅強的 (D) 光滑的

5. 該項目的實施對當地環境的影響最小。
   (A) 裸露 (B) 最小 (C) 最小 (D) 最大

   > **補充** minimal 表示程度影響；smallest 表示形體大小

   > **補充** carry out 實施

6. 房間裡沒有地毯，只有地板。
   (A) 裸露 (B) 集市 (C) 野蠻 (D) 非常辛苦的

7. 在醫學實驗室中，顯微鏡被用來研究因太小而肉眼無法看到的細菌或病菌。
   (A) 代理機構 (B) 密碼 (C) 病菌 (D) 索引

Ans: BACACAC

( ) **1.** It was _____ that police station was robbed. [英檢模擬真題 (初級)]

(A) sarcastic (B) ironic (C) iron (D) sanitary

( ) **2.** His boss made _____ comments on his work. [英檢模擬真題 (初級)]

(A) sarcastic (B) irrational (C) ironic (D) sappy

( ) **3.** It's _____ that the weakest student in mathematics was elected class treasurer. [英檢模擬真題 (中級)]

(A) itchy (B) ironic (C) ideal (D) identical

( ) **4.** When I make a mistake, she always says _____ things like, "Oh, that was really smart!" [英檢模擬真題 (初級)]

(A) sarcastic (B) safe (C) sergeant (D) scientific

( ) **5.** Good writers do not always write _____ ; on the contrary, they often express what they really mean in an indirect way. [104 指考]

(A) explicitly (B) ironically (C) persistently (D) selectively

( ) **6.** Yet there was nothing sarcastic or _____ in the way Tom spoke. [英檢模擬真題 (中級)]

(A) supercilious (B) superstitious (C) superabundant (D) supercharged

( ) **7.** The _____ memory is an ironic contrast to the current situation. [英檢模擬真題 (中級)]

(A) import (B) important (C) importunate (D) importable

( ) **8.** It's ironic and _____, but it is true. [英檢模擬真題 (中級)]

(A) parabolic (B) parachute (C) paradoxical (D) paralysis

1. 諷刺的是警察局被搶劫了。
   (A) 諷刺的 (B) 諷刺的 (C) 鐵的
   (D) 公共衛生的

2. 他的老闆嘲諷他的工作。
   (A) 諷刺的 (B) 不理性的 (C) 諷刺的
   (D) 精力充沛的

   > **補充** make comments on Sth. 評論某事

3. 數學最弱的學生當選班級總務股長是很諷刺的。
   (A) 癢的 (B) 諷刺的 (C) 理想的 (D) 完全相似的

4. 當我犯錯時,她總是語帶諷刺地說:「哦,還真是聰明阿!」
   (A) 諷刺的 (B) 安全的 (C) 警官 (D) 科學的

5. 優秀的作家總是不會寫得很明確;相反地,他們時常會用一種間接的手法來表達他們想傳達的意思。
   (A) 明確地 (B) 諷刺地 (C) 持續地 (D) 有選擇性地

6. Tom 說話的方式並沒帶有諷刺或傲慢的意味。
   (A) 傲慢的 (B) 迷信 (C) 過多的 (D) 超過負荷

7. 繚繞心頭的回憶對當前的情景來說,格外諷刺。
   (A) 進口 (B) 重要的 (C) 堅持的、纏擾不休的 (D) 可進口的

8. 這具有諷刺和矛盾的意味,但這是事實。
   (A) 拋物線 (B) 降落傘 (C) 自相矛盾 (D) 癱瘓

Ans: AABAAACC

( ) **1.** The law presumed innocence until _____ is proved. [英檢模擬真題 (初級)]

(A) crime (B) guard (C) guilt (D) criminal

( ) **2.** He went to the local church and confessed his _____ to the priest. [英檢模擬真題 (中級)]

(A) crimson (B) sin (C) guilt (D) sink

( ) **3.** An increase in _____ is one of the byproducts of unemployment. [英檢模擬真題 (中級)]

(A) crime (B) prison (C) poison (D) cramp

( ) **4.** When a young child goes out and commit a crime, it is usually the parents who should be held _____ for the child's conduct. [101 指考]

(A) eligible (B) dispensable (C) credible (D) accountable

( ) **5.** The jury spent over five hours trying to decide whether the defendant is _____ or guilty. [91 指考]

(A) evident (B) considerate (C) mature (D) innocent

( ) **6.** He was more sinned _____ than sinning. [英檢模擬真題 (初級)]

(A) to (B) against (C) forward (D) at

( ) **7.** He is _____ with others in a crime. [英檢模擬真題 (中級)]

(A) implicated (B) explicated (C) duplicate (D) complicated

( ) **8.** One can not _____ responsibility for guilt. [英檢模擬真題 (中級)]

(A) invade (B) persuade (C) pursue (D) evade

1. 在證明有罪之前，法律假定無罪。
   (A) 罪 (B) 守衛 (C) 罪 (D) 罪犯

2. 他去了當地教堂，向神父告解。
   (A) 深紅色 (B) 罪 (C) 罪 (D) 水槽

3. 犯罪率的增加是失業的副產品之一。
   (A) 罪 (B) 監獄 (C) 毒藥 (D) 抽筋

4. 當年幼的孩子犯了罪時，通常父母要為孩子的行為負責。
   (A) 有資格地 (B) 不必要的 (C) 可靠的 (D) 負有責任地

   補充 be accountable for 對…負責

5. 陪審團花費了五個多小時試圖確定被告無罪還是有罪。
   (A) 明顯 (B) 體貼 (C) 成熟 (D) 天真

6. 他受到了過於嚴厲的處罰。

   補充 出自於莎士比亞劇作《李爾王》。
   原句：I am a man more sinned against than sinning.
   我是個並沒有犯很大罪的人，卻受了很大冤屈的人。

7. 他與他人的犯罪有關。
   (A) 牽連、意味著 (B) 解釋 (C) 複製 (D) 使複雜

8. 人不能逃避罪責。
   (A) 入侵 (B) 說服 (C) 追求 (D) 逃避

Ans: CBADDBAD

( ) **1.** I like everything except the _____ in this room, I think the colour is a bit too dark. [英檢模擬真題 (初級)]

(A) point (B) paint (C) drag (D) draw

( ) **2.** John needs to _____ a draft first. [英檢模擬真題 (初級)]

(A) draw (B) drain (C) paint (D) pain

( ) **3.** In 1968, Cartier-Bresson began to turn away from photography and returned to his passion for drawing and _____. [104 學測]

(A) spectacle (B) spine (C) steward (D) painting

( ) **4.** The heat has taken the paint _____ the doors. [英檢模擬真題 (初級)]

(A) out (B) off (C) on (D) of

( ) **5.** Mend the hole and paint some sealant _____. [英檢模擬真題 (中級)]

(A) off (B) up (C) on (D) in

( ) **6.** The plans had been drawn _____. [英檢模擬真題 (中級)]

(A) profession (B) professorial (C) profess (D) professionally

( ) **7.** You should have your house _____ again. [英檢模擬真題 (初級)]

(A) paint (B) to be painting (C) to paint (D) painted

( ) **8.** By picking on someone who is weak, shy, or insecure, _____ show that they are in control, and can actually draw the approval of more popular peers who dislike the victim. [英檢模擬真題 (初級)]

(A) leaders (B) cheaters (C) protestors (D) bullies

1. 我喜歡這房間裡所有的東西，除了油漆顏色之外，我覺得顏色太暗了。
   (A) 指出 (B) 油漆 (C) 拉、拖
   (D) 平局、平手

2. 約翰需要先擬草稿。
   (A) 草擬 (B) 排水 (C) 油漆 (D) 痛苦

   補充 draw a draft 擬草稿

3. 1968 年，Cartier-Bresson 放下攝影，重拾他對繪圖、作畫的熱情。
   (A) 奇觀 (B) 脊椎 (C) 招待員、管理人 (D) 繪畫

4. 高溫使門上的油漆脫落了。

5. 修補孔洞時要塗一些密封劑上去。

6. 該計畫是專業制定的。
   (A) 職業 (B) 教授的 (C) 坦白 (D) 專業地

7. 你應該要讓房子再被粉刷一次。

8. 藉由霸凌弱小、害羞或沒有安全感的人來讓霸凌者表明這些人正受到他們的掌控之中，實際上也會讓更多同儕也跟著不認可受害者。
   (A) 領導人 (B) 作弊者 (C) 示威者 (D) 霸凌者

   補充 pick on sb. 指責某人

Ans: BADBCDDD

( ) **1.** Doctor of Philosophy, usually **abbreviated** as PhD or Ph.D., is an advanced academic degree awarded by universities. (找出同義字) [100 學測]

(A) shorten (B) condense (C) acronym (D) compress

( ) **2.** A compressed work week means to _____ those hours into fewer work days thereby working longer hours at work. [多益模擬真題]

(A) impress (B) depress (C) compress (D) suppress

( ) **3.** Climbing cost of health insurance **condenses** citizens' income. (找出同義字) [多益模擬真題]

(A) induce (B) reduce (C) produce (D) conduce

( ) **4.** Unidentified flying object is _____ to UFO. [英檢模擬真題 (中級)]

(A) abbreviated (B) admonished (C) adopted (D) advocated

( ) **5.** These small pieces are then _____ into balls. [93 學測]

(A) impressed (B) compressed (C) repressed (D) pressed

( ) **6.** With WikiLeaks releasing secrets about governments around the world, many countries are worried that their national security information might be _____. [100 學測]

(A) relieved (B) disclosed (C) condensed (D) provoked

( ) **7.** A number of examples were given to _____ the problem caused by drug addiction. [英檢模擬真題 (中高級)]

(A) abbreviate (B) discover (C) provide (D) illustrate

1. 博士學位，通常縮寫成 PhD 或 Ph.D. ，是由大學院校所授予的高等學術學位。
   (A) 縮短 (B) 濃縮 (C) 字首縮寫 (D) 壓縮

2. 壓縮工作週意味著將這些時間壓縮為更少的工作天，從而使工作時間更長。
   (A) 使…印象深刻 (B) 使沮喪 (C) 壓縮 (D) 鎮壓

3. 健保費的上漲使公民的收入縮水。
   (A) 誘導 (B) 減少 (C) 生產 (D) 導致

4. Unidentified flying object 被縮寫為 UFO。
   (A) 縮寫 (B) 告誡 (C) 採納 (D) 主張

5. 這些小碎片會被壓縮成球。
   (A) 使印象深刻 (B) 壓縮 (C) 壓抑 (D) 壓

6. 維基解密洩露了許多政府的秘密，這些國家擔心他們的國家安全資訊會被揭露。
   (A) 放心的 (B) 揭露 (C) 濃縮 (D) 激怒

補充 with + N. + V-ing/ p.p. / adj. 伴隨著…（表示附帶狀況）
Eg1: With the doors and windows open(**adj.**), the students left the classroom.
學生們離開教室沒關門窗。
Eg2: With Tina's hair blowing(**V-ing**) in the wind, she rode a motorcycle to work.
蒂娜騎著摩托車去上班，頭髮在風中飛揚。
Eg3: With my eyes closed(**V-p.p.**), I sat on the chair.
我眼睛閉起來，坐在椅子上。

---

7. 許多證據都說明了這個問題是由於藥物成癮。
   (A) 縮寫 (B) 發現 (C) 提供 (D) 說明

Ans: ACBABBD

( ) **1.** Everything is **possible** to a willing mind. (找出同義字) [英檢模擬真題(中級)]

(A) unbelievable (B) feasible (C) changeable (D) applicable

( ) **2.** How will the speaker _____ get to their destination? [多益模擬真題]

(A) profoundly (B) profusely (C) probably (D) productively

( ) **3.** *The old Man and the Sea* (1952), which became _____ his most famous book, finally winning him the Pulitzer. [104 指考]

(A) perhaps (B) meantime (C) moreover (D) however

( ) **4.** It is advisable to lock into a low interest rate loan for as many years as _____. [多益模擬真題]

(A) possible (B) oriental (C) patent (D) reptile

( ) **5.** Have you ever thought about getting your own ideas published and becoming writers? Maybe it is _____ for most of us. [多益模擬真題]

(A) out of use (B) out of employment (C) beyond question (D) out of the question

( ) **6.** Let's meditate, and maybe the spirits will tell us who should _____. [多益模擬真題]

(A) hire (B) be hiring (C) hired (D) be hired

( ) **7.** The _____ you work, the _____ you will succeed. [英檢模擬真題(中級)]

(A) harder, more possible (B) harder, more possibly (C) hard, more possibly (D) hard, possible

1. 一切皆有可能，只要有心。
   (A) 令人難以相信的 (B) 可行的
   (C) 善變的 (D) 適當的

2. 說話者如何才能到達目的地呢？
   (A) 深深地 (B) 豐富地 (C) 可能地 (D) 有成果地

3. 老人與海這本書，也許是他最出名的一本書，為他贏得了普立茲獎。
   (A) 也許 (B) 同時 (C) 而且 (D) 但是

4. 近幾年維持低利貸款是適當的。
   (A) 可能的 (B) 東方的 (C) 專利 (D) 爬蟲類

5. 你有沒有想過把你的內容出版出來並成為一位作家呢？這對於我們多數人來說是不可能的。
   (A) 廢棄 (B) 失業 (C) 無庸置疑 (D) 不可能、辦不到

6. 讓我們來冥想，也許神靈會告訴我們誰可以被雇用。

7. 你愈努力，就愈可能成功。

補充 寫成強調句的方法

原句：If you work harder , you will succeed more possibly .

強調句：The harder you work, the more possibly you will succeed.

基本上，the more… the more…的句型是由 S + V + O 句型倒裝而來的。

Eg: It receives poisonous chemicals.

⇒ The more poisonous chemicals it receives.

Ans: BCAADDB

勒索
Blackmail

　16 世紀時，蘇格蘭農民向領主交租稱為 mail；以銀幣交的租金則稱為 whitemail 或者是 silver mail；以農產品交租則稱為 blackmail。

　當時蘇格蘭和英格蘭交界處有盜匪為患，而當地的農民和小領主被迫要向強盜交保護費，black 具有「邪惡」的意思；mail 則是「貢品」，所以就出現了 blackmail 這個詞。

　蘇格蘭濟貧法（Scottish Poor Laws）頒布後，人們被禁止婚外性生活，如有違反被抓到，則會被要求站在懺悔凳（stool of repentance）上面公開認罪，就是現代俗稱的洗門風。這種公開認罪會讓當事者受到極大的羞辱，導致當事者可能因不堪羞辱而自殺。最後法令通過讓當事者也能通過繳納一筆罰金來避免這種羞辱。口語上則被俗稱為 buttock mail.

　19 世紀後期，blackmail 開始用以泛指「敲詐勒索的錢財」，中文意思為「敲詐、勒索」。

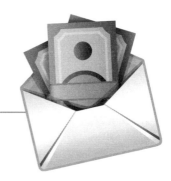

英文三百多年來的濟貧法實施有兩個用途：

❶ 懲罰和羞辱所謂「不值得被救濟的人」
❷ 給予貧困的民眾提供實質幫助。

易混淆的大考核心單字

11. 相信（believe, trust）

12. 切除（amputate, excise）

13. 祖先（forefathers, ancestress, ancestor, ancestry）

14. 生氣 / 不高興（angry, miffed, annoyed/ irritated, furious/ incensed/ outraged, indignant, sulky/sullen）

15. 測驗（examination, test, quiz）

16. 笨的（stupid, foolish, silly）

17. 無聊的（tedious, tiresome, boring）

18. 減輕（alleviate, relieve）

19. 記得（memorize, remember）

20. 驚訝（amaze/ astonish, shock, surprise/ startle）

11 相信
(believe, trust)

☞ **believe (vt.)** 接受並相信某事；**believe in** 信仰（神靈）
☞ **trust (vt.)** 強調信任（不論發生什麼事，都會相信這個人或這件事）

1： You need to **trust** my friend.
你要**相信**我朋友。

2： Jimmy **believes** that running is good for you.
吉米**相信**跑步有益身心。

3： My best friend doesn't **believe** in ghosts.
我最好的朋友不**相信**鬼神。

4： I **believe** I will pass my driving test this time.
我**相信**我這次會通過駕照考試。

5： Julia **trusts** Tim will never lie to her.
茱莉亞**相信**提姆永遠都不會對她說謊。

6： You have to **believe** in yourself. That's the secret of success.
相信自己就是成功的祕訣。

7： Eat a peck of salt with a man before you **trust** him.
在你**信任**一個人之前，要先深入了解他。

8： **Trust** men and they will be true to you.
信人者人恆信之。

12 切除
（ amputate, excise ）

☞ **amputate (vt.)** 指截肢
☞ **excise (vt.)** 因手術切除身體某一部分；**(n.)** 消費稅

1： Owing to prolonged exposure to the cold, his big toe froze and had to be **amputated** to avoid the onset of gangrene.
由於長時間暴露在寒冷中，他的大腳趾凍傷，必須**截肢**，以免發生壞疽。

2： There was a benign tumor in her breast, and it was entirely **excised**.
她的乳房有一個良性腫瘤，已經完全被**切除**了

3： The boy didn't get medical treatment, and a few years later his leg was **amputated**.
這男孩沒有受到醫療治療，幾年後他的腿就被**截肢**了。

4： The **excise (duty)** on cigarette was increased under the last government.
香菸的**消費稅**在上任政府執政時調整了。

5： To save his life under the debris from the aircraft, we decided to **amputate** his left arm.
為了在飛機殘骸下挽救他的生命，我們最後決定將他的左手臂**截肢**。

6： We must **excise** every part of cancerous tissue.
我們必須**切除**每一個癌症病變部分的組織。

7： If your infection spreads, the doctor will **amputate** your leg at once.
如果感染擴大，醫生將會馬上幫你**截肢**。

13 祖先
（forefathers, ancestress, ancestor, ancestry）

☞ **forefathers (n.)** 男性祖先
☞ **ancestress (n.)** 女性祖先
☞ **ancestor (n.)** 祖先 (不論男女)
☞ **ancestry (n.)** 某一家的全體祖先

1： He has traced his **ancestry** back to African slaves in America.
他已經把他的**祖先**追溯至美國的非洲奴隸。

2： His **ancestors**/ forefathers/ forebears came to America as salves.
他的**祖先**來美國時是奴隸。

3： Wesley's **Irish ancestry** shows in his hair.
衛斯理的**愛爾蘭血統**在他的頭髮中展現。

4： Wesley will go to Ireland to visit the home of his **ancestors**.
衛斯理將會到愛爾蘭去拜訪他的**祖先**。

5： **Forefathers** usually implies males only.
Forefathers 通常指的是**男性祖先**。

6： John is born of **noble ancestry**.
約翰出身**名門**。

7： Our **ancestors** snatched lands from the Indian.
我們的**祖先**從印地安人手中奪取了土地。

14　生氣 / 不高興（angry, miffed, annoyed/ irritated, furious/ incensed/ outraged, indignant, sulky/sullen）

☞ **angry (adj.)** 生氣的
☞ **miffed (adj.)** 有點生氣
☞ **annoyed/ irritated (adj.)** 相當生氣
☞ **furious/ incensed/ outraged (adj.)** 非常生氣
☞ **indignant (adj.)** 因不公正的事情而生氣
☞ **sulky/sullen (adj.)** 生悶氣

1 : I was **annoyed/ irritated** with her for lying to me.
　　她對我說謊讓我頗為**生氣**。

2 : She felt a bit **miffed** that we had delayed delivering the goods to Tina.
　　我們耽擱送貨給蒂娜，她有點**生氣**。

3 : When she heard that I was promoted to the position of marking director, she was in a **sulky/sullen** mood.
　　當她聽到我高升為行銷主管時，她有點**悶悶不樂**的。

4 : Judy wrote an **indignant** letter to appeal that the company has violated laws.
　　茱蒂寫了一封很**憤怒**的信提出申訴該公司已經違法了。

5 : We had a **furious debate** about the habit problems between each other.
　　我們就彼此的習慣問題**大吵了一架**。

6 : Tom was **incensed** when someone leaked details of classified documents.
　　當有人洩漏了機密文件，湯姆很**生氣**。

7 : I don't know why I was so **angry**, but I was really **incensed**.
　　我不知道我為什麼如此**生氣**，但我真的**怒火中燒**。

8 : He was **furious** when he found that the thief broke into his house.
　　當他發現有小偷潛入住宅時，他很**生氣**。（break into 潛入）

15 　測驗
（examination, test, quiz）

☞ **examination (=exam)(n.)** 正式的考試；醫學上的檢驗也可用這個字
☞ **test (n.)** 一般測驗、測試
☞ **quiz (n.)** 小考、隨堂考試

1： We are going to have a five-mininute "**quiz**" in the beginning of the class on Thursday.
我們在星期四上課時要做一個五分鐘的小考。

2： I see this project as a **test**.
我把這項計畫視為一項挑戰。

3： Judy is preparing for the **final exam**.
茱蒂正在準備期末考。

4： I am planning to take the TOEIC (**test**) next year.
我正在準備明年的多益考試。

5： Did you get the **previous exam** from other classmates?
你從其他同學那邊拿到考古題了嗎？

6： When are you going to take your driving **test**?
你什麼時候要去考駕駛執照？

7： Did you take many **quizzes** when you were a junior high school student?
你在國中的時候是不是考過很多小考呢？

8： Tom swears that he will not cheat in **exams** again.
湯姆發誓他未來考試不會再作弊了。

16 笔的
（stupid, foolish, silly）

☞ stupid (adj.) 指反應遲鈍、低能的意思，其實不太禮貌（口語）
☞ foolish (adj.) 指缺乏判斷力，做事不計後果
☞ silly (adj.) 糊塗且單純的傻

1 : My son looks adorable in that **silly** little hat.
我的兒子帶著那個呆呆的小帽子看起來很可愛。

2 : I think that riding a bike with your eyes closed is so **stupid**.
我覺得閉著眼睛邊騎腳踏車邊很蠢阿。

3 : Are you **stupid/ foolish**? Don't cross the road at will. It's too dangerous.
你腦袋笨蛋嗎？不要隨意橫越馬路。太危險了。

4 : I felt a little bit **stupid** when she said yes.
當她說好的時候，我有點傻掉了。

5 : You should allow me to keep my own opinion about her **foolishness**.
關於她是否愚蠢這一點，你應該讓我保留點自己的看法。

6 : How can we do to prevent him from **foolishness**?
我們要怎麼做才能不讓他犯蠢呢？

7 : Did you hear anything so **stupid**?
你有聽過這麼笨的嗎？

8 : It's **silly** to cover the problem. The truth will be exposed one day.
把問題掩蓋起來的作法很愚蠢。真相總有一天會被曝光的。

17 無聊的
（tedious, tiresome, boring）

☞ **tedious (adj.)** 指事情拖很久很無聊
☞ **tiresome (adj.)** 指事情重複發生，感到無聊；令人厭倦的、煩人的
☞ **boring (adj.)** 單調且無聊、使用範圍較廣

1： The conference is so **tedious**. When will it end?
會議很**無聊**。什麼時候才會結束呢？

2： The book is too **boring** that I don't want to read it.
這本書**無聊**到我不想讀。

3： Keeping mentioning to the same thing is **tiresome**.
不斷提到同一件事情是很**無聊**的。

4： I had planned to go to your wedding, but you know I had to finish my **tiresome** paper.
我本來打算要參加你的婚宴，但你知道的，我還要完成那令人**煩躁的**論文。

5： The professor's speech on the stage was so **tedious** that I started nodding off.
台上教授的演講好**無聊**，以至於我開始打瞌睡了。

6： I'm tired of his **tedious** talk. Could we leave here?
我對他講的內容感到**無聊**厭煩。我們可以離開嗎？

7： Going through the customs is a **tiresome** business.
過海關是很**煩人**的一件事情。

8： I was really **bored** to death.
我快**無聊**死了。

18 減輕
（alleviate, relieve）

☞ **alleviate (vt.)** 短暫的減緩壓力或疾病的痛苦
☞ **relieve (vt.)** 緩解心理上的沮喪或經濟上的負擔

1： She flashed a smile at me to **alleviate** my upset.
她對我微笑，想要減少我的煩惱。

2： We must find a way to **relieve** financial crisis.
我們必須要找出方法減輕財務危機。

3： His replay did little to **relieve** my suspicions.
他的答覆一點都沒有減少我的疑慮。

4： You can always **relieve** my anxiety when I feel uncomfortable.
當我不舒服時，你總是能緩解我的焦慮。

5： The painkiller **alleviated** my stomachache.
止痛藥緩解了我的胃痛。

6： The man who lost his wife could only **alleviate** the sorrow by drinking.
這個喪妻的男人只能藉酒消愁。

7： I was greatly **relieved** at the news.
我對這則消息感到很欣慰。

8： Tom was **relieved** after hearing that every citizen was safe in the main disaster area.
聽到所有在重災區的民眾都安全後湯姆才感到安心。

19 記得
(memorize, remember)

☞ **memorize (vt.)** 強調記憶新的東西
☞ **remember (vt.)** 強調本來就知道的內容

1 : She will **remember** the days that she spent with me.
她會記住和我一起度過的日子的。

2 : I try to **memorize** each new word.
我盡力記住每一個新的單字。

3 : Jim **remembers** that you used to always cry as a baby.
吉姆記得你從小就愛哭。

4 : You need to **memorize** the contents for tomorrow's test.
你必須要記得明天要考試的內容。

5 : It is hard to **remember** everything when you get older.
當你年紀大時要記得每一件事情很困難。

6 : I think it important to **memorize** words and phrases.
我認為記憶單字和片語很重要。

7 : Tina can't **remember** what happened last night.
蒂娜沒辦法記得昨晚發生什麼事情。

8 : Do you **remember** who he is?
你記得他是誰嗎？

20 驚訝
（amaze/ astonish, shock, surprise/ startle）

☞ **amaze/ astonish (vt.)** 較為正面的驚嘆；這是主觀上的驚訝，缺少突然性

☞ **shock (vt.)** 偏向負面的驚訝

☞ **surprise/ startle (vt.)** 最主要是表達不知如何反應的驚訝

1 ： It is **amazing** to see Yellowstone Park for the first time.
第一次看見黃石公園很令人震驚。

2 ： The numbers on my bank account **surprised** me.
帳戶裡的金額嚇到我了。

3 ： I was **shocked** by Judy's viciousness.
朱蒂的惡毒讓我很震驚。

4 ： We were all **astonished** when we heard that you were married.
當我們聽到你結婚的消息時，大家都很震驚。

5 ： The amount of violence shown on television **shocked** me.
電視上出現這麼多的暴力事件讓我很驚訝。

6 ： I'm **surprised** to see you here.
我很驚訝能在這裡遇見你。

7 ： An American scientist reported an **astonishing** discovery.
一位美裔科學家發表了一個驚人發現。

8 ： Your research is really **amazing**.
你的研究真的令人驚訝。

( ) **1.** The party _____ that education is the most important issue to the government. [英檢模擬真題 (中級)]

(A) believes (B) trusts (C) treats (D) belongs

( ) **2.** You can _____ me not to tell anyone. [英檢模擬真題 (初級)]

(A) trot (B) trust (C) trick (D) believe

( ) **3.** He _____ her judgment. [英檢模擬真題 (中級)]

(A) trembled (B) trusted (C) troubled (D) trundled

( ) **4.** I can't _____ how much better I feel. [英檢模擬真題 (初級)]

(A) believe (B) trust (C) beloved (D) amazed

( ) **5.** He believed in the ability of nature to renew itself without the _____ of humans. [105 學測]

(A) interference (B) vision (C) encouragement (D) survival

( ) **6.** The bitcoin can only be refunded by the person receiving the funds. That means you should do business with people and organizations you know and _____, or who have an established reputation. [103 指考]

(A) unbelievable (B) validate (C) trust (D) increase

( ) **7.** John told me that the cake from the backery is yummy, but Judy said it is too sweet and expensive. I don't know _____. [英檢模擬真題 (中級)]

(A) who to believe (B) how to believe (C) when to believe (D) whether to believe

1. 政黨認為教育是政府最重要的問題。
   (A) 相信 (B) 信任 (C) 對待 (D) 屬於

2. 你可以相信我,我不會跟任何人說。
   (A) 小跑步 (B) 信任 (C) 戲弄 (D) 相信

3. 他相信她的判斷。
   (A) 顫抖 (B) 信任 (C) 使困擾 (D) 使旋轉

4. 我沒辦法相信我竟然好多了。
   (A) 相信 (B) 信任 (C) 心愛的 (D) 使吃驚

5. 他深信在沒有人為干擾的狀況下,大自然擁有自我重新開始的能力。
   (A) 干擾 (B) 勢力 (C) 鼓勵 (D) 生存

6. 比特幣只能由收款人退還。這意味著你必須跟認識、信賴且或聲望佳的人與組織交易。
   (A) 難以置信的 (B) 使生效 (C) 信任 (D) 增加

7. 約翰跟我說那間烘培店的蛋糕很好吃,但茱蒂說太甜而且太貴了。我不知道該相信誰說的。

> 補充 文法解析:名詞片語＝疑問詞＋不定詞
> (1) 疑問詞＝ how, when, where, what, whom…
> (2)「名詞片語」因為含有名詞的性質,可以作**主詞 / 受詞 / 補語**
> (3) 疑問詞＋ to ＋原形 V ⇒ 疑問詞＋主＋[助 V]＋原形 V(名詞子句)
> P.S. 名詞子句中的[助 V],則依句意來選擇 should, could…. 等
> Eg: Do you know **who to talk** to about this problem?(名詞片語)
> ⇒ Do you know **who I should talk** to about this problem?(名詞子句)
> 你知道我要跟誰討論這問題嗎?

Ans: ABBAACA

( ) **1.** In ancient India, adultery was _____ by amputation of the nose. [英檢模擬真題 (中高級)]

(A) accused (B) furnished (C) accomplished (D) punished

( ) **2.** What is the most precise way to prove a close blood _____ between humans and chimpanzees? [90 學測]

(A) relationship (B) dealership (C) championship (D) friendship

( ) **3.** During a four-hour operation five tumor were _____ from the wall of the patient's stomach. [英檢模擬真題 (中高級)]

(A) excised (B) predicted (C) indicated (D) dedicated

( ) **4.** Excision refers to completely _____ the tissue in question. [英檢模擬真題 (中高級)]

(A) meditating (B) remoting (C) remodeling (D) removing

( ) **5.** _____ is a flat-rate tax that applies to specific goods, services, and activities. [多益模擬真題]

(A) House tax (B) Land tax (C) Property tax (D) Excise tax

( ) **6.** We have no choice but to _____ your legs. [英檢模擬真題 (中高級)]

(A) amputated (B) amputating (C) amputate (D) amputation

( ) **7.** Excise refers to an _____ tax levied on the manufacture, sale, or consumption of a commodity. [多益模擬真題]

(A) intercultural (B) intentional (C) external (D) internal

解題說明

1. 在古老的印度，通姦是透過割鼻來處罰。
   (A) 指控 (B) 裝潢 (C) 完成 (D) 懲罰

2. 什麼方式最能證明人與猩猩之間有血緣關係呢？
   (A) 關係 (B) 代理權 (C) 冠軍 (D) 友誼

3. 在四個小時的手術時間裡，五個腫瘤從胃壁上被割除了
   (A) 切除 (B) 預測 (C) 指出 (D) 奉獻

4. Excision 指的是完整的移除有問題的組織。
   (A) 冥想 (B) 遙遠的 (C) 重塑、改建 (D) 移除

5. 消費稅是適用於特定商品、服務與活動的統一稅率。
   (A) 房屋稅 (B) 地價稅 (C) 財產稅 (D) 消費稅

6. 我們別無選擇，只好將你的雙腿截肢。

7. 消費稅是指對商品的製造、銷售或消費所徵收的內部稅。
    (A) 不同文化的 (B) 意圖的、故意的 (C) 外部的 (D) 內部的

Ans: DAADDCD

( ) **1.** Most _____ apples can be traced back to a common ancestor, the wild apple of Central Asia, Malus sieversii. [104 學測]

(A) domesticated (B) demonstrated (C) filtered (D) saturated

( ) **2.** Their family can _____ their ancestry _____ Ming Dynasty. [英檢模擬真題 (中級)]

(A) traced ; in (B) trace ; back to (C) be dated ; back to (D) be dated ; in

( ) **3.** There were _____ of Tom's ancestors on the walls of the lobby. [多益模擬真題]

(A) portraits (B) portable (C) portal (D) portfolios

( ) **4.** The history of Valentine's Day can _____ Roman. [英檢模擬真題 (中級)]

(A) trace back (B) trace from (C) be traced back to (D) be traced from

( ) **5.** The new president is much better his **predecessor**. (找出同義字) [英檢模擬真題]

(A) previous one (B) ancestor (C) predictor (D) forefather

( ) **6.** Forefathers are our ancestors, _____ male ancestors. [英檢模擬真題 (中級)]

(A) constantly (B) eventually (C) especially (D) originally

( ) **7.** My parents birthdays are two days apart, so their _____ signs are the same. [英檢模擬真題 (中級)]

(A) astrological (B) anatomy (C) astronomy (D) ancestry

( ) **8.** The _____ should help people improve their standard of living. [英檢模擬真題 (初級)]

(A) character (B) dictator (C) ancestor (D) government

1. 多數栽培的蘋果樹追溯至同個源頭——新疆野蘋果（中亞的野蘋果樹）。
   (A) 栽培 (B) 示威、證明 (C) 過濾 (D) 滲透

2. 他們的家族史可以追溯自明朝開始。

3. 大廳的牆上有湯姆祖先的肖像畫。
   (A) 肖像畫 (B) 可攜帶的 (C) 大門 (D) 文件夾

4. 情人節的由來可以被追溯自羅馬時期。

   補充 追溯：事 + date back to = 事 + be traced back to

5. 新任總統比他的前任來得更好。
   (A) 上一個 (B) 祖先 (C) 預言者 (D) 祖父

6. Forefathers 是指我們的祖先，尤其是指男性祖先。
   (A) 不斷地 (B) 最終 (C) 尤其是 (D) 起初

7. 我父母的生日相隔兩天，所以他們的星座是一樣的。
   (A) 占星學的 (B) 解剖學 (C) 天文學 (D) 祖先

   補充 astrological sign 星座

8. 政府應當幫助人們改善生活水平。
   (A) 角色 (B) 獨裁者 (C) 祖先 (D) 政府

Ans: ABACACAD

( ) **1.** Sue would _____ have followed the majority if she didn't want to get into an argument. [92 學測]

(A) furiously (B) undoubtedly (C) invisibly (D) spaciously

( ) **2.** _____ on your pet's mood, the picture will capture an interested, curious expression or possibly a look of annoyance, especially if you've awakened it from a nap. [101 學測]

(A) Depended (B) Dependence (C) Dependable (D) Depending

( ) **3.** She wrote an _____ letter to the paper complaining about the waiter's attitude. [英檢模擬真題(中級)]

(A) attendant (B) abundant (C) indignant (D) assistant

( ) **4.** With the worldwide demand for digital products growing _____ a furious pace, the future looks bright for the Asian companies that make them. [多益模擬真題]

(A) on (B) with (C) at (D) in

( ) **5.** People will be more _____ after the president announced martial law. [英檢模擬真題(中級)]

(A) formal (B) famous (C) furious (D) foul

( ) **6.** Scientists can put a gene into the plant to make it more _____ to the virus. [英檢模擬真題(中級)]

(A) consistent (B) indignant (C) prominent (D) resistant

( ) **7.** John was _____ with his son's poor academic performance. [英檢模擬真題(初級)]

(A) happy (B) incensed (C) confused (D) sorrowed

14 解題說明

1. 如果蘇不想引起爭執的話,她會跟隨大多數人的意見。

   (A) 生氣地 (B) 毫無疑問地 (C) 看不見地
   (D) 寬敞地

2. 根據寵物的心情,照片會捕捉到寵物充滿興致、好奇的表情,或可能是惱怒的模樣,尤其如果你將牠們從午睡中叫醒。

3. 她寫了一封憤慨的信去抱怨服務生的態度。

   (A) 服務員 (B) 豐富的 (C) 憤慨的 (D) 輔助的

4. 隨著全球對數位產品需求以非常快速的步伐成長,未來對於那些製造它們的亞洲公司的發展是光明的。

5. 在總統發布戒嚴後,人民將變得會更憤慨。

   (A) 正式的 (B) 知名的 (C) 生氣的 (D) 汙穢的、邪惡的

   補充 martial law 戒嚴

6. 科學家可以把基因放置植物中,使它對病毒產生抗體。

   (A) 一致的 (B) 生氣的 (C) 卓越的 (D) 抵抗的

7. 約翰對於他兒子的學業表現感到很生氣。

   (A) 開心的 (B) 生氣的 (C) 困惑的 (D) 難過的

Ans: BDCCCDB

( ) **1.** Anything _____ a bad grade on a test to losing an important game make you feel sad. [92 學測]

(A) get (B) from get (C) from getting (D) from got

( ) **2.** T-shirt slogans are a _____ that has stood the test of time. [多益模擬真題]

(A) faddish (B) fad (C) fade (D) fag

( ) **3.** _____ the quiz, we have tests every week. [英檢模擬真題 (中級)]

(A) In advance (B) In addition to (C) In all respects (D) In case

( ) **4.** After dinner, we have prepared an _____ quiz for all of you. [多益模擬真題]

(A) award-won (B) awarded-won (C) award-winning (D) awarded-winning

( ) **5.** Gina finished her history yesterday, but she won't get the results _____ September. [英檢模擬真題 (中級)]

(A) until (B) to (C) at (D) from

( ) **6.** My dad told me if I _____ the exam this time, I was forbidden to hang out with friends for three weeks. [英檢模擬真題 (中級)]

(A) fragile (B) failed (C) fractured (D) fragrant

( ) **7.** Let's _____ our books during the quiz. [英檢模擬真題 (初級)]

(A) put off (B) put away (C) put down (D) put out

1. 考試不佳而導致你在競爭中輸了會讓你感到難過。

2. T恤上的標語是經過了時間淬鍊的時尚。

(A) 流行的 (B) 時尚 (C) 褪色 (D) 苦差事

3. 除了小考外，我們還有每週測驗。

(A) 事先 (B) 除了…之外 (C) 在各方面而言 (D) 萬一

4. 晚餐後，我們有為大家準備有獎徵答活動。

> 補充 複合形容詞的用法
>
> (1) adj. + Ned 多用來形容人，N 通常與人體器官相關
> ① 心地善良的老人　a **kind-hearted** old man
> ② 長髮的女人　a **long-haired** woman
>
> (2) adj. / adv. + Vp.p. 多用來形容「被動的」事物
> ① 漆成黃色的車子 a **yellow-painted** car
> ② 精心設計的陰謀 a **well-designed** conspiracy
>
> (3) N + V-ing 表示主動做…事的人或物
> ① 節省能源的家電 an **energy-saving** appliance
> ② 愛好和平的國民 a **peace-loving** citizen

5. 吉娜昨天考完歷史了，但她到九月才會知道成績。

6. 我爸爸說我這次再考不好，就禁止出門三週。

(A) 易碎的 (B) 失敗 (C) 使骨折 (D) 香的

7. 做測驗時請把課本收起來。

(A) 推遲 (B) 放好 (C) 放下 (D) 熄滅

Ans: CBBCABB

( ) **1.** I don't write a book about how great my family is. There are lots of idiocies and _____ — a lot to make fun of in the book. [103 學測]

(A) fool (B) fooled (C) foolish (D) foolishness

( ) **2.** Mr. Chang always tries to answer all questions from his students. He will not _____ any of them even if they may sound stupid. [94 學測]

(A) reform (B) depress (C) ignore (D) confirm

( ) **3.** There're _____ stupid questions! Only stupid answers! [英檢模擬真題 (中級)]

(A) no (B) not (C) any (D) none

( ) **4.** But I didn't come all the way out here to hear you talk foolishness _____ me. [英檢模擬真題 (中級)]

(A) on (B) at (C) in (D) about

( ) **5.** Don't make any silly _____ in the formal occasions. [多益模擬真題]

(A) amateurs (B) disasters (C) parades (D) comments

( ) **6.** Stay Hungry, Stay _____ . [Steve Jobs] [英檢模擬真題 (中級)]

(A) wise (B) foolish (C) childish (D) charming

( ) **7.** It's foolish to buy a car without a _____ . [英檢模擬真題 (初級)]

(A) warranty (B) wreck (C) wretch (D) wrist

( ) **8.** Tom looked so funny _____ his red pants. Did you see that? [英檢模擬真題 (初級)]

(A) on (B) in (C) at (D) of

1. 我的書並不是關於我的家庭如何偉大。書中其實有許多愚蠢傻事，許多可以被拿來開玩笑的事。

2. 張老師總是設法回答學生所有的問題。即使他們的問題聽起來很愚蠢，他也不會忽略。

   (A) 改革 (B) 使沮喪 (C) 忽略 (D) 證實

3. 沒有愚蠢的問題！只有愚蠢的答案！

4. 我不是來聽你說我多麼愚蠢的。

5. 在正式的場合不要發表任何愚蠢的評論。

   (A) 業餘人士 (B) 災難 (C) 遊行 (D) 評論

6. 求知若渴，大智若愚（出自史蒂夫·賈伯斯）。

   (A) 聰明的 (B) 愚笨的 (C) 幼稚的 (D) 迷人的

7. 購買沒有保證書的汽車是傻的。

   (A) 保證書 (B) 殘骸 (C) 可憐的人 (D) 手腕。

8. 湯姆穿黃色的長褲很好笑。 你有看到嗎？

> **補充** in 後面可接「衣物」、「顏色」和語言
> Eg1: The man in the red coat is my grandpa.
> 穿著紅色外套的男人是我爺爺。
> Eg2: The girl in pants is my daughter.
> 穿著牛仔褲的女孩是我女兒。
> Eg3: Don't speak in Chinese.
> 不要用中文講話。

Ans: DCADDBAB

( ) **1.** At first the job looked good to Bob; but later it became
_____ . [多益模擬真題]

(A) tier (B) tireless (C) tiresome (D) tirade

( ) **2.** The _____ routine life is too much for the writer to bear, so
he needs a secretary to help him. [109 學測模擬真題]

(A) tiresome (B) traitorous (C) trainsick (D) trafficable

( ) **3.** I am tired of _____ work like answering phones and typing
letters.

(A) adequate (B) united (C) deaf (D) tiresome

( ) **4.** Our grandparents decided not to travel with us because
the _____ of the two-week trip would be too tiresome for
them.

(A) itinerary (B) upheaval (C) religion (D) habitat

( ) **5.** Although his speech was very interesting, many found it
too _____.

(A) bore (B) bored (C) boring (D) to bore

( ) **6.** Judy looked a little bored by his _____ . [英檢模擬真題 (中級)]

(A) insistence (B) assistance (C) resistance (D) consistence

( ) **7.** Dealing with the _____ can sometimes be a tiresome
business. [多益模擬真題]

(A) realtor (B) reaper (C) realty (D) reality

解題說明

1. 起初鮑勃覺得工作還不錯，但後來就變得很無聊了。
   (A) 排、層 (B) 不疲倦 (C) 無聊的
   (D) 長篇大論

2. 每天忙碌的生活讓這位作家感到無法承受，所以他需要一名秘書來幫助他。
   (A) 煩人的、繁忙的 (B) 不忠的 (C) 暈車的 (D) 利於通行的

3. 我討厭無聊的工作，像是打字或接聽電話之類的。
   (A) 足夠的 (B) 團結的 (C) 聾的 (D) 無聊的

4. 祖父母決定不要跟我們一起去旅行，因為兩星期的旅行對他們來說太累了。
   (A) 行程 (B) 舉起、變動 (C) 宗教 (D) 棲息地

5. 雖然他的演講很有趣，但很多人認為很無聊。

6. 茱蒂看起來對他的堅持有點不耐煩了。
   (A) 堅持 (B) 協助 (C) 抵抗 (D) 一致性

7. 處理房地產有時候是很麻煩的事情。
   (A) 房產經紀人 (B) 收割機 (C) 房地產、不動產 (D) 真實

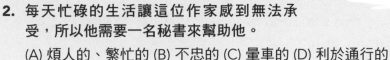

補充 deal with 處理

Ans: CADACAC

( ) **1.** Though Kevin failed in last year's singing contest, he did not feel _____ . This year he practiced day and night and finally won first place in the competition. [102 學測]

(A) relieved (B) suspected (C) discounted (D) frustrated

( ) **2.** The drug can temporarily _____ patients' pains, but it can not cure this disease radically. [多益模擬真題]

(A) allege (B) alleviate (C) allocate (D) allude

( ) **3.** Nothing can relieve her pain _____ losing a child. [英檢模擬真題 (中級)]

(A) in (B) by (C) with (D) of

( ) **4.** If student enrollment continues to drop, some programs at the university may be _____ to reduce the operation costs. [103 學測]

(A) relieved (B) eliminated (C) projected (D) accounted

( ) **5.** To _____ burdens on the shoulders, organizations had been established to help parents with autistic children. [英檢模擬真題 (中級)]

(A) alleviate (B) accelerate (C) elaborate (D) substantiate

( ) **6.** Many people _____ generously to help relieve the suffering of the quake victims. [英檢模擬真題 (中高級)]

(A) distributed (B) donated (C) attributed (D) conducted

( ) **7.** The doctor gave her an _____ to alleviate the pain. [英檢模擬真題 (中級)]

(A) rejection (B) project (C) injection (D) hijacking

1. 雖然 Kevin 去年歌唱比賽失利，但他並不
   覺得沮喪。今年，他日以繼夜地練習，終
   於贏得第一名。
   (A) 放心的 (B) 有嫌疑的 (C) 折扣的
   (D) 沮喪的

2. 這個藥可以暫時緩解病人的痛苦，但卻不
   能根除這個病。
   (A) 宣稱、主張 (B) 舒緩 (C) 分派 (D) 暗示

3. 沒有什麼可以減輕她失去孩子的痛苦。

4. 若學生註冊人數繼續減少，大學的某些課程可能會遭淘汰以減少運作開
   支。
   (A) 舒解 (B) 消除 (C) 投影 (D) 解釋

5. 為了減輕父母肩上的負擔，因此建立了機構來協助處理自閉孩童的狀
   況。
   (A) 減輕 (B) 加速 (C) 詳細闡述、精心製作 (D) 證實

6. 許多民眾慷慨解囊，為了要幫助減輕地震受害者的痛苦。
   (A) 分配 (B) 捐贈、捐獻 (C) 把⋯歸因於 (D) 帶領

7. 醫生給她注射以減緩疼痛。
   (A) 拒絕 (B) 計畫 (C) 注射 (D) 劫持

Ans: DBDBABC

( ) **1.** It is a lesson they must always _____ on the field. [英檢模擬真題（中級）]

(A) member (B) remember (C) membership (D) rememberable

( ) **2.** It is important to remember that the satisfaction of the client is key _____ the success of the business. [多益模擬真題]

(A) of (B) in (C) to (D) on

( ) **3.** The technique I used to memorize those chapters can be used to _____ anything. [多益模擬真題]

(A) memorize (B) memory (C) memorable (D) memorial

( ) **4.** When the cockroaches were trained at night, they could _____ the new associations for up to 48 hours. [99 指考]

(A) remembered (B) reminded (C) remarked (D) relieved

( ) **5.** I only memorize my own phone number. _____ my friends', I just let my phone do the remembering. [英檢模擬真題（中級）]

(A) As for (B) In my opinion (C) As a rule (D) as follows

19 解題說明

1. 這是他們在球場上永遠必須記得的一刻。

   (A) 成員 (B) 記得 (C) 會員 (C) 可記得的

2. 業務的成功要訣最重要的就是要記得使顧客滿意。

   補充 為什麼房間的門用 the door of the room；門的鑰匙卻是 the key to the door 呢？

   ① of ⇒表示屬於一個整體、本質不變

   Eg1: The table is made of wood. 這張桌子是木製的。

   Eg2: The window of the car 車子的窗戶。

   ② to ⇒代表方向性，朝著目標而去的概念

   Eg1: Working hard is the key to success/ being successful.
   努力工作是成功的關鍵。

   Eg2: Exercise is the key to good health/ keeping health.
   運動是保持健康的關鍵。

   補充 to + V-ing 的片語集合

   Eg1: John is looking forward to working with you.
   約翰很期待跟你一起工作。

   Eg2: I am not used to speaking English. 我不習慣說英文。

   Eg3: The suspect confessed to murdering his girlfriend last night.
   這個嫌犯坦承昨晚謀殺了他女友。

   Eg4: Tom objects to spending so much money on luxuries.
   湯姆反對花這麼多錢在奢侈品上。

   Eg5: The students are addicted to playing online games.
   學生們沉迷於玩線上遊戲。

3. 我用來記住這些章節的方式可以用在任何地方上面。

   (A) 記得 (B) 回憶 (C) 可記得的 (D) 紀念物

4. 蟑螂若是在晚上接受訓練，牠們就能記住這個新關聯長達48個鐘頭之久。

   (A) 記住 (B) 提醒 (C) 評論 (D) 減緩

5. 我只記得我自己的手機號碼，至於我朋友們的號碼，就只有手機能記得了。

   (A) 至於 (B) 就我而言 (C) 通常 (D) 如下所述

Ans: BCAAA

( ) **1.** These amazing _____ are usually called "fairy chimneys" .
[104 指考]

(A) constructs (B) restructures (C) structures (D) destruction

( ) **2.** The visitors would be even more _____ if they were fully aware of all the existing similarities between them and these animals. [90 學測]

(A) tattled (B) startled (C) fettled (D) rattled

( ) **3.** Everyone at the board meeting was surprised when the president _____ the matter of his health problems. [多益模擬真題]

(A) brought up (B) thought up (C) caught up (D) swallowed up

( ) **4.** We were very _____ on hearing John's accident. [英檢模擬真題（初級）]

(A) shocking (B) shocked (C) shock (D) shockingly

( ) **5.** Studies have found that eating a high fiber diet can lower cholesterol levels and _____ the risk of heart disease. [英檢模擬真題（中級）]

(A) reduce (B) dominate (C) portray (D) astonish

( ) **6.** Taipei 101 is as _____ as The Great Wall. [英檢模擬真題（初級）]

(A) amazing (B) more amazing (C) most amazing (D) less amazing

1. 這些令人嘖嘖稱奇的自然結構被稱為「仙女煙囪」。

   (A) 構想、概念 (B) 重建 (C) 結構 (D) 破壞

2. 訪客將會相當的震驚,如果他們意識到他們與這些動物多麼相似的話。

   (A) 閒聊 (B) 震驚 (C) 毆打 (D) 發出咯咯聲

3. 當總裁在董事會上提及他的健康問題時,大家都很震驚。

   (A) 提出 (B) 想出 (C) 趕上 (D) 吞下

4. 聽到約翰發生意外時,我們很震驚。

5. 研究指出吃高纖維的食物可以降低膽固醇並減少心臟病的風險。

   (A) 減少 (B) 統治 (C) 描寫 (D) 震驚

6. 台北 101 跟萬里長城一樣令人驚豔。

   > **補充** as…as 和…一樣(前面的 as 為副詞,後面的 as 為連接詞)
   > (1) as + 形容詞 / 副詞 + as + 主詞 +(be 動詞 / 助動詞)
   > Eg: Tom looks as handsome as his father (does).
   > 湯姆看起來跟他父親一樣帥。
   > (2) not as/so + 形容詞 / 副詞 + as + 主詞 +(be 動詞 / 助動詞)
   > Eg: Judy doesn't run as fast as Amy (did).
   > 茱蒂沒有跑的跟艾咪一樣快。
   > (3) as + 形容詞 + 名詞 + as + 主詞 +(be 動詞 / 助動詞)
   > Eg: John has as many cars as Tom (does).
   > 約翰擁有和湯姆一樣多的車子。

Ans: CBABAA

三明治
Sandwich

　　傳說在古羅馬時期，就有類似三明治的食物了，叫做「歐夫拉」。而三明治的正式命名，是源自 18 世紀英國貴族約翰・孟塔古，第四代三明治伯爵（John Montagu, 4th Earl of Sandwich）。

　　據說三明治伯爵很喜歡玩橋牌，而且他很討厭為了吃東西而中斷牌局，於是就請人把肉、蔬菜等料理夾在兩片麵包中，讓他打牌的時候可以維持體力。伯爵的朋友也一起品嚐，他們非常喜歡這樣的飲食方式，認為這主意實在是太棒了，就將這樣的食物命名為三明治，開始在英國廣為流傳。

補充：

❶ 伯爵領地的名字是來自於英國肯特郡三明治村，名字來自於古英語 Sandwich，意思是「滿是沙子的地方」。

❷ 英國有三明治週，由代表英國三明治協會組織所舉辦，日期在五月的第二個星期天。

❸ 英國是由英格蘭、蘇格蘭、威爾斯以及北愛爾蘭所組成的，這四個地方皆是平等且具主權的區域，但用字有些許不同，例如在蘇格蘭，三明治是叫做 pieces。

PART

03

易混淆的大考核心單字

21. 滿意的（satisfactory, satisfying, satisfied）

22. 疼痛（ache, pain, sore, hurt）

23. 看（see, watch, look at, read）

24. 有毒的（toxic, poisonous）

25. 幻覺（delusion, illusion, hallucination）

26. 疾病的流行範圍（endemic, epidemic, pandemic）

27. 有感染性的（infectious, contagious）

28. 衣服（clothes, clothing）

29. 容忍（bear, endure, stand, tolerate）

30. 治癒（heal, cure, treat）

21 　滿意的
(satisfactory, satisfying, satisfied)

☞ **satisfactory (adj.)** 可接受的，還算滿意 (主詞放事物)
☞ **satisfying (adj.)** 令人滿意的 (強調事情)
☞ **satisfied (adj.)** 滿意的 (強調人)

小訣竅　satisfying 比 satisfactory 還要更令人滿意。

1 : The result of the game was not **satisfactory** because we lost.
比賽的結果差強人意，因為我們輸了。（我們希望可以贏得比賽）

2 : However, it was still **satisfying** while we had done our best.
但是這仍是一場令人滿意（過癮）的比賽，因為我們盡力了。（雖然輸了但我們一樣感到愉快而滿足）（do one's best 盡力）

3 : The **satisfied** boy has just left.
那個感到滿意的小孩剛走。

4 : Tina's teacher seems to think her work is **satisfactory**.
蒂娜的老師似乎認為她的作品不錯。

5 : The kid ate candy with **satisfaction**.
小朋友滿意地吃著糖果。

6 : Sally seemed pretty **satisfied** with product launch.
莎莉似乎對產品發表會很滿意。

7 : The product is exchangeable if it is not **satisfactory**.
如果產品不滿意可以更換。

8 : Although the arrangement is not ideal, the guests are quite **satisfied**.
雖然安排不甚理想，但賓客都相當滿意。

22 疼痛
（ache, pain, sore, hurt）

☞ **ache (n.)** 持續性的疼痛；如：headache 頭痛 , stomachache 胃痛…等
☞ **pain (n.)** 身體或心理上的疼痛
☞ **sore (n.)** 發炎或痠痛；如：sore throat 喉嚨痛 , my eyes are sore 眼睛痠痛
☞ **hurt (n.)(vt.)(vi.)** 身體上受到傷害的疼痛

1：He has a dull **ache** in his lower back because he has strained his muscles.
他因為肌肉拉傷，下背部隱隱作痛。

2：He is suffering from acute/ chronic back **pain**.
他急性的／慢性的背部疼痛。

3：My high heels are too tight, and they **hurt** my feet.
我的高跟鞋太緊了，讓我的腳很疼。

4：After running for ten minutes, my legs feel very **sore**.
當我跑步跑了十分鐘後，兩條腿都超痠的。

5：Do you know what causes me **sore throat**? I feel painful.
你知道什麼讓我喉嚨疼嗎？感覺好痛。

6：This disease causes muscle **pain** and high fever.
這種疾病會引發肌肉疼痛和高燒。

7：Put down that knife lest you should **hurt** people.
放下刀子以免傷害到人。

8：He **sticks out like a sore thumb**.
他顯眼的令人討厭。

看
（ see, watch, look at, read ）

☞ **see (vt.)** 有意無意地看
☞ **watch (vt.)** 觀賞，有欣賞的意思
☞ **look at** 注視，指集中注意朝著目標看
☞ **read (vt.)** 閱讀有文字的書籍

1：I **saw** a cat on the street.
我在路上看到一隻貓。

2：He is **reading** the newspaper.
他正在看報紙。

3：Tom is **looking at** the girl with long hair.
湯姆正在注視那位長頭髮的女孩。

4：We **watched** the departure of the train from the station.
我們看著火車離開車站。

5：Do you mind if I **watch** the YouTube?
你介意我看 YouTube 嗎？

6：Let's stood at the window and **watched** the snow.
我們站在窗口賞雪吧。

7：Don't **look** at me like that.
不要那樣看著我。

8：**Reading** explores my horizons.
閱讀開拓了我的視野。

24　有毒的
（toxic, poisonous）

☞ **toxic (adj.)** 被汙染才變成有毒的
☞ **poisonous (adj.)** 本身就帶毒、帶有負面的意思（可跟 deadly 互用）

1： I'm addicted to you. Don't you know that you're **toxic**? [Britney Spears, Singer]
我對你很著迷，你難道不知道你是**致命的毒藥**？（出自歌手布蘭妮‧斯皮爾斯）

 如果把 toxic 改成 poisonous，意思會變成說對方很糟糕。
be addicted to sb. 對某人著迷。

2： I don't like the **poisonous** atmosphere of the conference room.
我討厭辦公室裡**不好的**氣氛。

3： When you cope with the **toxic chemical**, you need to be careful.
處理**有毒物質**時你要小心。（cope with 處理）

4： Some mushrooms are **poisonous**.
有些蘑菇是**有毒的**。

5： Are those snakes **poisonous**?
那些蛇**有毒**嗎？

6： Can you tell the difference between **poisonous** mushrooms and edible ones?
你可以說出**毒**蘑菇跟食用蘑菇的差別嗎？

7： Don't say anything **poisonous** to your parents.
不要對你的家人說任何**惡毒的**話。

8： The factory had been exhausting **toxic** chemicals.
這間工廠一直在排放**有毒的**化學物質。

25 幻覺
（delusion, illusion, hallucination）

☞ **delusion (n.)** 脫離現實的思想，是一種腦子的錯亂思考
☞ **illusion (n.)** 把東西錯認為其他事物
☞ **hallucination (n.)** 無中生有，認為某事物是真的存在

 delusion 是妄想；illusion 是錯覺；hallucination 是幻覺

1 : I thought I saw a ghost but it was just my optical **illusion/ hallucination**.
我以為我看到鬼了，其實只是我的錯覺 / 幻覺。

2 : Tom was under the **delusion** that he was a VIP.
湯姆妄想他自己是 VIP。

3 : **Hallucinations** are so easily produced when you stay in the desert.
當你身處沙漠時，幻覺是很容易產生的。

4 : John is under the **delusion** that he will get promoted after finishing this project.
約翰有一種完成這次計畫後，明年就會升遷的錯覺。

5 : You must not get **illusions** about dating with Jenny.
你不要抱有跟珍妮約會的幻想了。

6 : It is actually an optical **illusion**.
事實上，這是視覺上的錯覺。

7 : The medicine will make you **hallucinate**.
這種藥會讓你產生幻覺。

8 : I don't know where you get these **delusions**.
我不知道你哪來的這些錯覺。

26　疾病的流行範圍
（endemic, epidemic, pandemic）

☞ **endemic (adj.)** 地方性的特有疾病（地區性的）；**(n.)** 特有疾病
☞ **epidemic (adj.)** 短暫爆發且規模較小的流行疾病（局部疫情流行）；
　(n.) 疫情
☞ **pandemic (adj.)** 大規模爆發的流行疾病（全國性的）；**(n.)** 大規模疫情

1 : Malnutrition is **pandemic** in the Horn of Africa, but this season starvation is epidemic there as well.
營養不良蔓延於整個非洲角，但本季當地飢餓或餓死的情況亦非常盛行。

2 : Global health authorities warned that swine flu was threatening to bloom into a **pandemic**.
全球的衛生當局警告說，豬流感有爆發成為全球性傳染病之虞。

3 : Malaria is an **endemic** disease in this area.
瘧疾在這個區域廣泛流行。

4 : With the efforts for many years, the prevention of the **endemic** diseases have made a great achievement.
隨著多年的努力後，地方防治疾病已經取得極大的成就。

5 : The **pandemic** rubella has **outbroken**, so anyone who hasn't been vaccine need to go to the hospital as soon as possible.
大規模的德國麻疹已經爆發，所以任何還沒有接種疫苗的人請盡快去醫院施打疫苗。

6 : A **flu epidemic** raged through the school for weeks. Remember to wash hands frequently.
流感已在學校蔓延了幾個星期了。記得要勤洗手。

7 : Cholera is **endemic** in this area.
霍亂是這邊的特有疾病。

27 ▸ 有感染性的
(infectious, contagious)

☞ infectious (adj.) 空氣傳染或飛沫傳染
☞ contagious (adj.) 接觸傳染；具傳染性的

1 : Venereal disease and chickenpox are **contagious** diseases.
性病和水痘都是**接觸傳染**的疾病。

2 : Influenza and measles are **infectious** diseases.
流行性感冒和麻疹都是**會傳染**的疾病。

3 : Fear can be **contagious**.
恐懼是**會傳染的**。

4 : There are many **infectious** diseases in this area.
在這個區域有很多**傳染**疾病。

5 : Measles is an **infectious** disease.
麻疹是**傳染性**的疾病。

補充：如果是指情緒、想法或舉止是有感染力的，兩個單字通用

6 : His optimistic mood was very **contagious/infectious**.
他的樂觀心情很有**感染力**。

7 : There are many **infectious** diseases in Africa.
非洲有許多**傳染**病。

8 : As you may know, it is a highly **contagious** disease.
就如你所知的一樣，這是具高度**傳染性**的疾病。

28 衣服
(clothes, clothing)

☞ **clothes** 複數名詞，前面不能加冠詞、數量詞等，一般指身上穿的衣服
☞ **clothing** 不可數的集合名詞，衣物的總稱

小訣竅 ─ Clothes 和 Clothing 都是衣服的統稱。

1 : I need to buy some **clothes**.
我需要買一些**衣服**。

2 : Do you want to sell your second-hand sports **clothing** with a good price.
你想把二手運動**衣服**賣個好價錢嗎？

3 : I like the **clothes** Jenny wears today.
我喜歡今天珍妮穿的**衣服**。

4 : It is enough for us to live with **adequate food and clothing**.
人能**吃飽穿暖**就行了。

5 : Before you buy **clothes** at a secondhand store, make sure to check them for stains or tears.
在買二手**衣服**前，請確保衣服上面沒有污漬或傷痕。

補充：表示一件衣服，可以用 an article/ item of、a piece of + clothing ；表示一套衣服，可以用 a suit of + clothes

6 : A coat is a piece of **clothing**.
上衣是一件**衣服**。

7 : Tom bought a suit of **clothes**.
湯姆買了一套**衣服**。

補充：cloth 布料，不可數名詞

8 : She bought some **cloth** to make a dress.
她買一些**布料**要做洋裝。

補充：clothe (v.) 為⋯穿衣服

9 : He has to work hard to feed and **clothe his family**.
他必須努力工作以**供家裡吃穿**。

29 容忍
（bear, endure, stand, tolerate）

☞ **bear (vt.)** 指一般的忍受（承受重量）
☞ **endure (vt.)** 長期忍受不幸或痛苦
☞ **stand (vt.)** 忍受令人不悅的事物
☞ **tolerate (vt.)** 克制態度容忍令人不舒服的事物，有寬容、默認的意思

1：I can't **tolerate/ stand/ bear** that woman who is so selfish.
　　我無法**忍受**那個自私的女人。

2：Tom has **endured** his impolite behavior for a long time.
　　Tom 已經**忍受**他的無理很久了。

3：They have to **bear** the dirty working environment.
　　他們必須要**忍受**不好的工作環境。

4：I can't **stand** your bad habits anymore.
　　我再也不能**忍受**你的壞習慣了。

5：Tom can't **tolerate** anyone who questions his decisions.
　　湯姆不能**容忍**任何人質疑他的決定。

6：Can you **endure** that noise?
　　你能**忍受**那種吵鬧聲嗎？

7：I love you because only you can **tolerate** everything of mine.
　　我愛你，因為只有你能**包容**我的一切。

30 ▷ 治癒
(heal, cure, treat)

☞ **heal (vt.)(vi.)** 治癒外傷
☞ **cure (vt.)** 治療疾病，後面要接 of
☞ **treat (vt.)** 強調治療的動作，一般通用語；也有對待、款待的意思

1 : He says he can **cure** me of my diarrhea, but I doubt.
他說他可以治好我的腹瀉，但我很懷疑。

2 : The dentist is **treating** my teeth.
牙醫正在診療我的牙齒。

3 : The surgeon **heals** the wound of the solider.
外科醫生治好士兵的外傷。

4 : There is no **cure** for diabetes.
還沒有治癒糖尿病的方法。

5 : The large wound is hard to **heal**, maybe you need hyperbaric oxygen therapy.
這傷口太大了難以治癒，也許你需要高壓氧治療。

6 : Don't **treat** the serious issue as a joke.
不要把這嚴肅的議題當笑話。

7 : Perhaps it wasn't too late to **cure** Lisa.
也許現在救麗莎還不算晚。

8 : People usually forget the pain after the wound is **healed**.
人們通常好了傷疤忘了痛。

( ) **1.** The customer was _____ with the pair of shoes. [多益模擬真題]
(A) verified (B) satisfied (C) notorious (D) meritorious

( ) **2.** The explanation is a(n) _____ one. [英檢模擬真題 (中級)]
(A) satisfactory (B) observatory (C) compulsory (D) lavatory

( ) **3.** Most young people in Taiwan are not satisfied with a high school _____ and continue to pursue further education in college. [103 學測]
(A) maturity (B) diploma (C) foundation (D) guarantee

( ) **4.** We guarantee your _____ on every product we sell, and will refund your purchase price. [多益模擬真題]
(A) determination (B) fraction (C) satisfaction (D) production

( ) **5.** Thousands of people flooded into the city to join the demonstration; as a result, the city's transportation system was almost _____ . [94 指考]
(A) testified (B) paralyzed (C) stabilized (D) dissatisfied

( ) **6.** We asked both John and Tom, but _____ could offer a satisfactory explanation. [英檢模擬真題 (初級)]
(A) neither (B) either (C) both (D) nor

21 解題說明

1. 顧客對這雙鞋很滿意。

(A) 證實 (B) 滿意的 (C) 惡劣的

(D) 有價值的

2. 這個解釋是令人滿意的一個解釋。

(A) 令人滿意的 (B) 天文台 (C) 有義務的

(D) 廁所

3. 臺灣大部分的年輕人不滿足僅有高中文憑,會選擇上大學繼續進修。

(A) 成熟 (B) 畢業文憑 (C) 基礎、基金會 (D) 保證

4. 我們保證你會滿意我們的產品,不滿意原價退費。

(A) 決心 (B) 小部分 (C) 滿意 (D) 生產

5. 數以千計的人們湧進了城市做示威遊行,因此,城市裡的交通幾乎被癱瘓了。

(A) 證明 (B) 癱瘓 (C) 穩定 (D) 不滿意

6. 我們問了約翰和湯姆,但兩個人都沒辦法給予滿意的解釋。

補充 一次搞懂 either/ neither/ either…or/ neither…nor

(1) 做為副詞

Eg: A: I have never been to Canada. 我從未去過加拿大。

B: I haven't, either. / Neither have I. / Me neither. 我也沒有。

(2) 做為形容詞

Eg: Neither one of us could answer this question.

我們之中沒有任何一個人可以回答這個問題。

(3) 做為代名詞

Eg: Either of us will go to Taichung.

我們其中一個人會去台中。

(4) 做為連接詞

Eg: Can he speak either English or French?

他會講英語或法語嗎?

Ans: BABCBA

( ) **1.** As Deborah shuffled sideways to block the player, her knee went out and she collapsed on the court in burning _____ . [100 學測]

(A) academy (B) admiral (C) pain (D) agenda

( ) **2.** Mother says she is _____ all over with fatigue. [英檢模擬真題 (中級)]

(A) anchoring (B) assaulting (C) balloting (D) aching

( ) **3.** Tommy, please put away the toys in the box, or you might _____ on them and hurt yourself. [108 學測]

(A) stumble (B) graze (C) navigate (D) dwell

( ) **4.** Using a heating pad or taking warm baths can sometimes help to _____ pain in the lower back. [99 學測]

(A) polish (B) relieve (C) switch (D) maintain

( ) **5.** Watch out! The bench has just been painted. You can fan the wet paint if you want to _____ its drying. [106 指考]

(A) fasten (B) hasten (C) lengthen (D) strengthen

( ) **6.** Lisa would have made the speech but that he _____ a sore throat. [英檢模擬真題 (初級)]

(A) has (B) had (C) had had (D) has had

( ) **7.** A: Have you heard about that fire in the market?
B: Yes, fortunately no one _____ . [英檢模擬真題 (初級)]
(A) hurt (B) was hurt (C) has hurt (D) had been hurt

( ) **8.** John's back _____ because he fell off the tree and _____ . [英檢模擬真題 (初級)]

(A) hurt ; hurt (B) got hurt ; hurt (C) hurt a lot ; hurt himself (D) was hurt ; got hurt

1. 當 Deborah 從旁跑去阻擋該名選手時,她的膝蓋脫臼了,她感到一陣灼痛而昏倒在球場上。
   (A) 學院 (B) 海軍上將 (C) 痛苦 (D) 議題

2. 媽媽說她全身都疲勞痠痛。
   (A) 定錨 (B) 攻擊 (C) 投票 (D) 疼痛

3. Tommy,請把玩具收到箱子裡,否則你會絆倒而受傷。
   (A) 絆倒 (B) 放牧 (C) 導航 (D) 居住

4. 使用電熱墊或洗熱水澡有時可助於減輕腰部酸痛。
   (A) 擦亮 (B) 減輕 (C) 打開或關掉 (開關) (D) 維持

5. 小心!這張長凳才剛上漆。如果想要加快讓油漆變乾,可以用風扇來吹。
   (A) 繫牢 (B) 使加快 (C) 使變長 (D) 增強

6. 麗莎本來可以說話,但她喉嚨疼。

7. A:你有聽說市場大火嗎?
   B:有的,幸運的是沒有人受傷。

   > 補充 hear of 聽說過某人或某物的存在;hear about 聽說過關於某人或某物的事情
   > Eg1: I have never heard of that country.
   > 我從未聽說過那個國家。
   > Eg2: I didn't hear about this traffic accident.
   > 我沒有聽說過這起交通意外。

8. 約翰的背部疼痛,因為他從樹上摔下來受傷。

Ans: CDABBBBC

( ) **1.** I prefer _____ the game to playing on the field. [英檢模擬真題 (中級)]

(A) seeing (B) looking at (C) reading (D) watching

( ) **2.** Have you ever _____ that handwriting? [英檢模擬真題 (初級)]

(A) watched (B) seen (C) read (D) looked

( ) **3.** The cat _____ into the mirror and screamed loudly. [英檢模擬真題 (初級)]

(A) watched (B) looked (C) saw (D) read

( ) **4.** We need to stay on top of the situation by _____ the sales figures carefully.

(A) stocking (B) shutting (C) watching (D) succeeding [多益模擬真題]

( ) **5.** Marcus was pleased to _____ that his quarterly dividend from the stock market was so high. [多益模擬真題]

(A) download (B) erupt (C) interrupt (D) see

( ) **6.** When taking medicine, we should read the instructions on the _____ carefully because they provide important information such as how and when to take it. [104 學測]

(A) medals (B) quotes (C) labels (D) recipes

( ) **7.** Peter has never been on time to meetings or appointments. It would be interesting to look into reasons why he is _____ late. [106 指考]

(A) chronically (B) hysterically (C) simultaneously (D) resistantly

( ) **8.** I _____ the novel four times if I read it once more. [英檢模擬真題 (初級)]

(A) will have read (B) would have read (C) have read (D) am reading

1. 我喜歡看比賽而不喜歡在球場上打球。

> **補充** prefer + ving… to V-ing… 寧願…而不願…
>
> E.g.: She would **rather** stay home **than** go out with friends.
>
>   = She would stay home **rather than** go out with friends.
>
>   = She **prefers to** stay home **rather than** go out with friends.
>
>   = She **prefers** staying home **to** going out with friends.
>
> 她寧願待在家裡而不願意跟朋友出門。

2. 你有看過那份手札嗎？

3. 那隻貓看著鏡子然後大聲地尖叫了出來。

4. 我們必須要仔細觀察銷售數字，隨時注意狀況。
   (A) 備貨 (B) 關上 (C) 看 (D) 在…有成就

5. 馬克思很開心能從股票市場裡面獲得高股息。
   (A) 下載 (B) 噴發 (C) 打擾 (D) 看見

6. 服藥時，我們應該詳讀標籤上的說明，因為它們提供了像服用方法與時間等的重要訊息。
   (A) 獎章 (B) 引文 (C) 標籤 (D) 食譜

7. Peter 從未準時參加會議或赴約。研究他長期遲到的原因會很有意思。
   (A) 長期地 (B) 歇斯底里地 (C) 同時地 (D) 抵抗地

8. 如果再看一次，我就看這本書四次了。

Ans: D(B 或 C)BCDCAA

( ) **1.** No one wants this imperious core of _____ phonies to go to hell more than yours truly. [revenge, American Soap] [英檢模擬真題 (中級)]

(A) toxin (B) prison (C) poison (D) toxic

( ) **2.** The medicine is _____ if you take it in large dose. [多益模擬真題]

(A) poisonous (B) poison (C) prison (D) toxic

( ) **3.** To "kill malaria", scientists are genetically modifying a bacterium in mosquitoes so that it _____ toxic compounds. [103 指考]

(A) releases (B) accesses (C) bargain (D) blossom

( ) **4.** Getting a flu shot before the start of flu season gives our body a chance to build up protection against the _____ that could make us sick. [102 學測]

(A) poison (B) misery (C) leak (D) virus

( ) **5.** _____ of toxic materials has to be strictly supervised. [英檢模擬真題 (中級)]

(A) Dispose (B) Disposal (C) Disposed (D) Disposable

( ) **6.** The Food and Drug Administration says that some _____ toothpaste may contain toxic chemicals. [英檢模擬真題 (中級)]

(A) fragile (B) counterfeit (C) ambiguous (D) counteractive

( ) **7.** Some mushrooms are _____ , but most of them are harmless.

(A) marginal (B) poisonous (C) vital (D) prolonged [英檢模擬真題 (中級)]

1. 沒人比我更想要讓那個傲慢至極的大騙子下地獄去吧。（出自美劇「復仇」）
   (A) 毒素 (B) 監獄 (C) 毒藥 (D) 有毒的

2. 如果你藥量吃太多的話是有毒的。
   (A) 有毒的 (B) 毒藥 (B) 監獄 (D) 有毒的

3. 為「殺死」瘧疾，科學家正基因改造蚊子內的細菌，讓它釋放有毒物質。
   (A) 釋放 (B) 接近 (C) 討價還價 (D) 開花

4. 流感季節開始前接受流感疫苗提供人體一個建立對致病病毒防護的機會。
   (A) 毒藥 (B) 悲慘 (C) 漏洞 (D) 病毒

5. 必須嚴格的監管有毒物質的處置。

6. 食品藥物監督管理局說有一些偽造的牙膏可能含有有毒化學物質。
   (A) 脆弱的 (B) 偽造的 (C) 不明確的 (D) 反對的

7. 有些蘑菇是有毒的，但其中大多數是無害的。
   (A) 頁邊的 (B) 有毒的 (C) 重要的 (D) 延長的

Ans: DAADBBB

( ) **1.** Tim had the _____ that Judy loved him, but he was wrong. [英檢模擬真題 (中級)]

(A) allusion (B) illusion (C) conclusion (D) hallucinate

( ) **2.** The ghost I saw in my dream was not real. It was just my _____ . [英檢模擬真題 (中級)]

(A) hallucination (B) solution (C) illusion (D) allusion

( ) **3.** You are under a _____ to think that Lily will not hang out with you. [英檢模擬真題 (中級)]

(A) luster (B) delusion (C) allusion (D) luxury

( ) **4.** Psychiatrist studied the cultural aspects of delusion and pointed _____ that what jobs people preferred are based on cultural background. [多益模擬真題]

(A) to (B) at (C) after (D) out

( ) **5.** For a moment he had an _____ hallucination of her presence. [英檢模擬真題 (中級)]

(A) overwhelming (B) overbearing (C) overcoming (D) overfeeding

( ) **6.** In order to prevent the shrinking economy from collapsing, the government has backed a(n) _____ package. [多益模擬真題]

(A) arson (B) ripple (C) austerity (D) delusion

( ) **7.** After being lost in the sea for five days, Tom began to _____ . [英檢模擬真題 (中高級)]

(A) hallucinate (B) fascinate (C) reinforce (D) reimburse

1. 提姆有茱蒂愛他的錯覺,但他錯了。
   (A) 暗示 (B) 錯覺 (C) 結論 (D) 產生幻覺

2. 在我夢裡看到的鬼魂不是真的。這只是我的幻覺。
   (A) 幻覺 (B) 解答 (C) 錯覺 (D) 暗示

3. 你別妄想了,莉莉不會跟你出門的。
   (A) 光澤 (B) 妄想 (C) 暗示 (D) 奢華的

4. 精神科醫師研究了關於妄想的人文方面訊息,並指出人們喜愛的工作類型是源自於他們的文化背景。

5. 他有陣子強烈的產生了她就在身邊的幻覺。
   (A) 壓倒性的、無法抵抗的 (B) 傲慢的、專橫的 (C) 征服 (D) 吃得太多

6. 為了防止萎縮的經濟崩潰,政府推出緊縮配套方案。
   (A) 縱火 (B) 波紋 (C) 緊縮、嚴厲、樸素 (D) 錯覺

7. 迷失在大海五天後,湯姆開始出現幻覺。
   (A) 使出現幻覺 (B) 使著迷 (C) 加強 (D) 償還

( ) **1.** The avian flu is now quite _____ in the southern part of Taiwan. [英檢模擬真題(中級)]

(A) endless (B) endangered (C) endemic (D) endmost

( ) **2.** Good _____ is key measure against pandemic influenza. [英檢模擬真題(中級)]

(A) hygiene (B) hyperactivity (C) hypercritical (D) hygienically

( ) **3.** Once the virus becomes a (an) _____ influenza, your will be in big trouble. [多益模擬真題]

(A) epicenter (B) pandemic (C) epidermis (D) panicked

( ) **4.** All the time that we spend rooted in the chair is linked to _____ risks of so many deadly diseases that experts have named this modern-day health epidemic the "sitting disease." [104 學測]

(A) decreased (B) increase (C) increased (D) decrease

( ) **5.** There are a lot of epidemic diseases _____ the tsunami-stricken area. [多益模擬真題]

(A) passing through (B) running out (C) spreading through (D) getting over

( ) **6.** In spite of the outbreak of the _____, thanks to the proper precautions, none of the inhabitants fell ill with SARS. [英檢模擬真題(中高級)]

(A) inevitable (B) variability (C) authority (D) epidemic

1. 台灣南部的禽流感很嚴重。
   (A) 不停的 (B) 有危險的 (C) 地區性的
   (D) 末端的

2. 維持良好衛生習慣可以抵抗流感。
   (A) 衛生 (B) 過動 (C) 吹毛求疵的
   (D) 衛生的

3. 一旦變成流感,你就問題大了。
   (A) 中心 (B) 流行的 (C) 表皮 (D) 恐慌的

4. 許多致病風險的增加與長時間賴在椅子上不動有關,因此專家將流行於現代的這些疾狀稱為「久坐病」。

5. 在海嘯災區有許多流行疾病正在蔓延。
   (A) 通過 (B) 耗盡 (C) 蔓延 (D) 克服

6. 儘管疫情爆發,但由於採取了適當的預防措施,沒有任何居民感染SARS。
   (A) 不可避免的 (B) 變化性 (C) 專家、權威 (D) 疫情

Ans: CABCCD

( ) **1.** Acquired Immune Deficiency Syndrome (AIDS) is a _____ disease. [英檢模擬真題 (中級)]

(A) contagious (B) infectious (C) congruous (D) virtuous

( ) **2.** _____ industrial waste includes direct and derived waste generated in the manufacturing, transportation, storage, and use of medical devices. [多益模擬真題]

(A) Contagious (B) Infectious (C) Gorgeous (D) Glorious

( ) **3.** Avian influenza, or "bird flu," is a _____disease caused by viruses that normally infect only birds and, less commonly, pigs. [93 指考]

(A) courteous (B) courageous (C) contagious (D) ambitious

( ) **4.** AIDS is contagious and it can be transmitted through vaginal or anal sex. However, some people still believe quite _____ that one can get AIDS by shaking hands. [92 指考]

(A) hardly (B) consequently (C) mistakenly (D) generously

( ) **5.** The swine flu virus is _____ infectious. [英檢模擬真題 (中級)]

(A) high (B) highly (C) higher (D) highest

( ) **6.** The little girl seems to get _____ easily. [英檢模擬真題 (中級)]

(A) irritated (B) fragment (C) contagious (D) fatal

27 解題說明

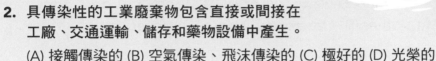

1. 後天免疫缺乏症候群（AIDS）是一種接觸性傳染的疾病

(A) 接觸傳染的 (B) 空氣傳染、飛沫傳染的
(C) 一致的 (D) 有品德的

2. 具傳染性的工業廢棄物包含直接或間接在工廠、交通運輸、儲存和藥物設備中產生。

(A) 接觸傳染的 (B) 空氣傳染、飛沫傳染的 (C) 極好的 (D) 光榮的

3. 流感是一種傳染性的疾病，是由鳥類引發的疾病，很少是來自於豬隻。

(A) 有禮貌的 (B) 有勇氣的 (C) 具傳染性的 (D) 有野心的

4. AIDS 是藉由接觸傳染的，而且它會藉由性交或肛交傳染。但是，仍然有些人誤解 AIDS 會藉由握手傳染。

(A) 幾乎不 (B) 因此 (C) 誤解 (D) 慷慨地

5. 豬流感具有高度傳染性。

(A) 高的 (B) 非常 (C) 更高的 (D) 最高的

> **補充** 形容詞和副詞在字尾加 ly 之後意義改變的例子包括：
> ① late 遲到 / lately 最近
>   Eg1: Jenny was late for school. 珍妮上學遲到。
>   Eg2: I haven't heard form you lately. 我最近一直沒有你的消息。
> ② near 附近 / nearly 幾乎
>   Eg1: It has been nearly three months since I saw you last time. 從我上次見到你已過了三個月了。
>   Eg2: Is there a bank near here? 這裡附近有銀行嗎？
> ③ hard 辛苦 / hardly 幾乎不
>   Eg1: I can hardly work. 我幾乎不能工作。
>   Eg2: John studies hard. 約翰努力讀書。
> ④ high 高 / highly 極度、非常
>   Eg1: Tom lives in a high building. 湯姆住在一棟高樓裡。
>   Eg2: Your behavior is highly irregular. 你的行為很不規矩。

6. 這個小女孩似乎很容易生氣。

(A) 易怒的 (B) 碎片 (C) 有傳染性的 (D) 致命的

Ans: ABCCBA

( ) **1.** The police examined several items of _____ . [英檢模擬真題（中級）]

(A) criterion (B) cloth (C) clothing (D) croissant

( ) **2.** He is washing his _____ . [英檢模擬真題（中級）]

(A) clothes (B) crossroad (C) cloth (D) clover

( ) **3.** We are well provided with food and _____ . [英檢模擬真題（中級）]

(A) clothes (B) cloth (C) clothing (D) clothe

( ) **4.** He spent a lot of money buying a suit of _____ . [多益模擬真題]

(A) clothe (B) clothing (C) cloth (D) clothes

( ) **5.** This piece of _____ is long enough for you to make a shirt. [多益模擬真題]

(A) clay (B) cloth (C) clothing (D) crown

( ) **6.** How much do you spend _____ clothing every month? [多益模擬真題]

(A) on (B) in (C) at (D) of

( ) **7.** The store _____ all clothing for sale. [英檢模擬真題（中級）]

(A) discounted (B) countered (C) counted (D) counteracted

( ) **8.** Don't leave your clothes _____ all over the floor. [英檢模擬真題（中級）]

(A) lie (B) lying (C) lain (D) laid

1. 警察檢查了幾件衣服。
   (A) 標準 (B) 布料 (C) 衣服 (D) 牛角

2. 他正在洗衣服。
   (A) 衣服 (B) 十字路口 (C) 布料 (D) 苜蓿

3. 我們豐衣足食。
   (A) 衣服 (B) 布料 (C) 衣服 (D) 為…穿衣

4. 他花了很多錢買套裝。
   (A) 為…穿衣 (B) 衣服 (C) 布料 (D) 衣服

5. 這塊布料夠讓你做裙子了。
   (A) 泥土 (B) 布料 (C) 衣服 (D) 王冠

6. 你每個月的治裝費多少？

7. 該店的衣物全面打折出售。
   (A) 打折 (B) 遭遇 (C) 算數 (D) 中和

8. 不要把你的衣服扔的滿地都是。

> **補充** 容易搞錯的 lie 和 lay 用法與動詞三態
> (1) lie（說謊）/ lied/ lied
> Eg: Are you lying to me?
> 你是不是在跟我說謊呢？
> (2) lie（躺下）/ lay/ lain
> Eg: A cat lay on the table.
> 一隻貓躺在桌上。
> (3) lay（放置 / 生蛋）/ laid/ laid
> Eg: Judy laid the baby on the bed.
> 茱蒂把孩子放在床上。

Ans: CACDBAAB

( ) **1.** Women have to _____ the pain of giving birth. [英檢模擬真題（中級）]

(A) tax (B) endure (C) tangle (D) tear

( ) **2.** I can't _____ his harsh criticism. [英檢模擬真題（中級）]

(A) stand (B) steal (C) stab (D) stain

( ) **3.** Tina can't _____ such a hot weather. [英檢模擬真題（中級）]

(A) beam (B) beat (C) bear (D) bead

( ) **4.** It seems the snake is able _____ certain degrees of dehydration in between rains. [105 學測]

(A) to enduring (B) endure (C) of during (D) to endure

( ) **5.** The science teacher always _____ the use of the laboratory equipment before she lets her students use it on their own. [105 學測]

(A) tolerates (B) associates (C) demonstrates (D) exaggerates

( ) **6.** I can't tolerate my landlord's _____ any more. [英檢模擬真題（中級）]

(A) behave (B) behavior (C) begrudge (D) beguile

( ) **7.** My English teacher won't tolerate talking during class. She says it _____ others. [英檢模擬真題（中級）]

(A) disturbs (B) determines (C) deteriorates (D) dismisses

1. 女人必須要忍受生孩子的痛苦。

   (A) 對…徵稅 (B) 忍受 (C) 纏繞 (D) 撕開

2. 我沒辦法忍受他嚴厲的批評。

   (A) 忍受 (B) 偷 (C) 刺 (D) 汙染、玷汙

3. 蒂娜不能忍受炎熱的氣候。

   (A) 照射 (B) 打、敲 (C) 忍受 (D) 做成串珠狀

4. 黃腹海蛇似乎能在雨季間承受一定程度的脫水。

5. 在讓學生自行操作之前，理化老師總會先示範實驗器材的使用。

   (A) 容忍 (B) 關聯 (C) 示範 (D) 誇大

6. 我再也無法忍受我房東的行為了。

   (A) 舉止 (v.) (B) 行為 (n.) (C) 羨慕、吝嗇 (v.) (D) 誘惑 (v.)

> **補充** anymore 和 any more 的差異
> (1) anymore (adv.) 通常用於否定句或疑問句
> Eg1: John doesn't live here anymore.
> 約翰不再住這裡了。
> Eg2: Don't you love me anymore?
> 你再也不愛我了嗎？
> (2) any more 更多一些
> Eg1: Don't eat any more.
> 別再吃了。
> Eg2: I don't want it any more.
> 我不要再多一些了。

7. 我的英文老師無法忍受課堂上聊天。她說這會打擾到其他人。

   (A) 打擾 (B) 決定 (C) 使惡化 (D) 解散

Ans: BACDCBA

( ) **1.** When getting shot, you need to _____ by doctor instantly. [多益模擬真題]

(A) be treated (B) treated (C) treating (D) treats

( ) **2.** This herbal medicine can _____ any kinds of wounds. [英檢模擬真題]

(A) heal (B) cure (C) heals (D) cures

( ) **3.** In winter, our skin tends to become dry and _____, a problem which is usually treated by applying lotions or creams. [105 學測]

(A) alert (B) itchy (C) steady (D) flexible

( ) **4.** Tai Chi Chuan is a type of ancient Chinese martial art. People _____ Tai Chi mainly for its health benefits. [104 學測]

(A) practice (B) consult (C) display (D) manage

( ) **5.** Traditional Chinese medical practices include _____ remedies, which use plants, plant parts, or a mixture of these to prevent or cure diseases. [106 指考]

(A) herbal (B) frantic (C) magnetic (D) descriptive

( ) **6.** The domestic violence left a wound in her mind that will never _____ . [英檢模擬真題(中級)]

(A) hurt (B) heal (C) live (D) stay

( ) **7.** Rose tea can be used _____ stomachache. [英檢模擬真題(中級)]

(A) to cure (B) to curing (C) for cure (D) in cure

1. 受到槍傷時,你要立即給醫生治療。

2. 中藥可以用來治癒任何傷口。

3. 冬天時,我們的肌膚容易變得乾癢,通常可以透過塗抹乳液或乳霜來解決這個問題。

    (A) 警醒的 (B) 癢的 (C) 穩定的 (D) 彈性的

4. 太極拳是一種古老的中國武術。人們練習太極拳主要是因為它的健康利益。

    (A) 練習 (B) 協商 (C) 展示 (D) 管理

5. 傳統中國醫學包括草藥治療,這使用植物、植物部位或其調合物來預防或治療疾病。

    (A) 藥草的 (B) 手忙腳亂的 (C) 有磁性的 (D) 描寫的

6. 家庭暴力在她心上留下傷痕,而且難以治癒。

    (A) 傷害 (B) 治癒 (C) 住 (D) 待著

7. 玫瑰茶可以被用來治癒胃痛。

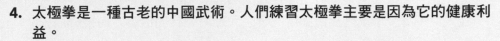

> **補充** used to 的各種用法
> (1) be used to V 被使用來做某事
> Eg: The pesticide is used to protect crops form pests.
> 殺蟲劑是用來避免農作物受到害蟲侵襲。
> (2) be used to V-ing 習慣某事
> Eg: After a while, I am used to living without him.
> 一段時間後,我習慣了沒有他的生活。
> (3) used to V 過去的習慣;或曾經做過某事
> Eg: I used to get up early.
> 我過去習慣早起。

Ans: AABAABA

羽球
Badminton

　據說在 1870 年，英國格羅特郡拜明頓村（Badminton）的波伏特公爵，在自己的莊園中接待由印度返回英國度假的英國軍官，這些軍官們在天氣不好、不能外出活動時，會在大廳中做休閒活動，而這個活動就是羽球運動的前身。

　羽毛球是用香檳酒瓶的軟木塞插上羽毛製成的，比賽的兩人則分別站在網子的兩邊，以木板拍擊，被稱為拜明頓的遊戲（the game at Badminton）。

　一開始這活動只限於貴族和上流社會的人參加，之後逐漸改良，就變成了今日的羽球運動。人們為了紀念羽球發源於拜明頓村，就以 badminton 當作正式名稱。

PART 04

易混淆的大考核心單字

31. 治療（remedy, treatment, therapy）

32. 暗示（hint, suggest, imply）

33. 欺詐（deceive, cheat）

34. 統治（rule, dominate）

35. 傷害（hurt, injure, harm）

36. 咬（bite, chew, nibble）

37. 看（look, gaze, stare, glare）

38. 想到（conceive, perceive）

39. 懷孕（expecting, pregnant, conceive）

40. 外國的（alien, exotic, foreign）

31 治療
（remedy, treatment, therapy）

☞ **remedy (n.)** 指治療某種疾病的有效方法；用以解決問題的辦法；補救
☞ **treatment (n.)** 強調用藥物治療的過程；保養、護理、清潔過程；對待
☞ **therapy (n.)** 指治療方法（前面會標示治療法）

1： The best **remedy** for you is to take a nap. You look terrible.
目前對你最好的**解方**就是小睡一下。你看起來很糟糕。

2： This new type of drug can be used in the **treatment** of lung cancer.
這種新藥可以被拿來用於**治療**肺癌上。

3： Which **treatment** will work best on the patient?
哪一種**療法**對這名患者最有效呢？

4： There is no **remedy** for Acquired Immune Deficiency Syndrome (AIDS).
目前後天免疫缺乏症候群（AIDS）尚無**治療方法**。

5： When you feel tired, you can book a massage **therapy** session for relaxing.
當你疲憊的時候，你可以給自己安排一個按摩**療程**來放鬆。

6： This clinic offers a variety of beauty **treatments**.
這間診所提供各式美容**服務**。

7： I know a **remedy** for toothache.
我知道一種治牙痛的**藥**。

32　暗示
（hint, suggest, imply）

☞ **hint (vt.)** 刻意做出的暗示
☞ **suggest (vt.)** 以動作、表情等方式提示某人
☞ **imply (vt.)** 需邏輯性的推斷出後面的意思

1： The money was missing, and the teacher **hinted** the whole class that I stole it.
錢不見了，而且老師暗示班上說是我偷的。

2： My doctor **implied** that I should not eat too much deeply-fried food.
我的醫生暗示我不要再吃太多的油炸食物。

3： Your face **suggests** that I shouldn't listen to her.
你的表情暗示我不應該聽她的。

4： Judy **hinted** that I should pursue my dream.
茱蒂暗示我應該要追求我的夢想。

5： Are you **implying** that I'm handsome?
你在暗示我很帥嗎？

6： Silence often **implies** consent.
靜默經常代表同意的意思。

7： John **hinted** about the purpose of his visit.
約翰暗示了他來訪的意圖。

8： My friend **suggested** that I should take some time off.
我的朋友建議我應該休息一段時間。

33 欺詐
(deceive, cheat)

☞ **deceive (vt.)** 為了隱瞞真相而扭曲事實、騙人,詐騙的意思
☞ **cheat (vt.)** 作弊、造假的意思;為了謀取私利而採取不誠實的手段進行欺騙

1 : The mother **cheated** the child that there was no chocolate at home.
孩子的媽媽**騙**孩子說家裡沒有巧克力了。

2 : He **deceived** $500,000 from the bank but was arrested last month.
他**詐騙**銀行五十萬元,但上個月被捕了。

3 : Anyone who is caught **cheating** will be cancelled the qualification from the exam.
任何人被發現**作弊**會被取消考試資格。

4 : I saw a student **cheating** in the test by bringing a cheat sheet.
我看到一個學生帶小抄**作弊**。

5 : The sound of the door closing **deceived** me into thinking that my mom had gone out. Thus, I jumped out of the bed and started playing the computer games.
關門聲讓我以為我媽出門了。因此我從床上彈起並開始打遊戲。

6 : This young girl has been steadily **deceiving** me.
這個年輕的女孩一直在**欺騙**我。

7 : Neither the old nor the young will be **cheated**.
童叟無**欺**。

34 統治
(rule, dominate)

☞ **rule (vt.)** 負責統領某一區塊；統治、經營
☞ **dominate (vt.)** 擁有壓倒性的力量能支配所有的族群；支配

1 : The red team **dominated** the blue team in the baseball match.
在棒球比賽中，紅隊比藍隊來的**更有優勢**。

2 : The Emperor **ruled** his country.
皇帝**統領**他的國家。

3 : The Roman Emperor **dominated** most of Europe.
羅馬皇帝**統領**了全歐洲。

4 : George III **ruled** Great Britain for sixty years.
喬治三世**統治**英國六十年。

5 : The news that Tom won the Nobel Prize **dominated** the headlines this week.
一整週的新聞都是湯姆得到諾貝爾獎的消息。

6 : The stain can't be **ruled out** entirely.
汙點不能完全被**清除**。

7 : The Netherlands once **dominated** the seas in seventeen century.
荷蘭曾在 17 世紀**稱霸**海洋。

35 傷害
（hurt, injure, harm）

☞ **hurt (vt.)** 心理或生理上的傷害都可用這個字
☞ **injure (vt.)** 通常是指意外事故造成的傷害
☞ **harm (vt.)** 惡意、刻意的傷害

1 : Your behavior **hurts** my heart.
你的行為**傷透**了我的心。

2 : John was **injured** in the car accident.
約翰在車禍中**受傷**了。

3 : Will this cleaning fluid **harm** the furniture?
這種清潔劑會**傷害**傢具嗎？

4 : The smell won't **harm** you.
這個氣味不會**傷**到你。

5 : Tom was so **injured** in his pride that he didn't want to see you.
湯姆的自尊**受到傷害**以至於他不想見到你。

6 : This area is not safe, and someone might **get hurt**.
這個區域並不安全，因此有人可能會**受傷**。

7 : Don't put your **injured** hands into the water.
不要把你**受傷**的手放進水裡。

8 : The dog seems fierce, but it is **harmless**. You can touch it.
這隻狗看起來兇狠，但牠**不會傷人**。你可以摸牠。

36 咬
(bite, chew, nibble)

☞ **bite (vt.)** 咬住
☞ **chew (vt.)** 有咀嚼的動作
☞ **nibble (vt.)** 一點一點的小口咬

1： Don't **bite** your fingernails. It's a bad habit.
不要咬你的指甲。這是個壞習慣。

2： The dog **chewed** a bone.
狗狗啃咬骨頭。

3： My son is **nibbling** at the biscuit.
我的兒子正在一小口一小口的吃餅乾。

4： Let's **chew the fat**.
一起來閒聊吧。

5： John is too busy so that he often **grabs a bite** at office days.
約翰太忙了，以至於他常常在上班時隨便吃點東西。

6： When I feel nervous, I will **bite** my nails.
當我緊張時，我會咬指甲。

7： **Chew** your food slowly before you swallow it.
在吞嚥之前要慢慢地咀嚼你的食物。

8： I saw a girl **nibbling** at a sandwich.
我看到一個女孩正在小口小口地咬著三明治。

37　看
（look, gaze, stare, glare）

☞ **look at** 看著
☞ **gaze at** 帶有感情的凝視著
☞ **stare at** 驚訝地、好奇地瞪著
☞ **glare at** 生氣地怒視

1： I **looked** everywhere but couldn't find my watch.
我找了所有地方就是找不到我的手錶。

2： He **gazed** at the stars.
他凝視著星星。

3： Don't **stare** at me like that.
別那樣盯著我看。

4： She **glared** at me with rage, but I didn't know what had happened.
她生氣地瞪著我看，但我根本就不知道發生什麼事了。

5： They just stopped fighting and **glared** at each other.
他們停止了打架然後怒視著彼此。

6： I saw a kid **staring at** the toys in the window.
我看到一個小孩直盯著櫥窗裡的玩具看。

7： There are two men **glaring at each other** in the street.
那裡有兩個男人在街上怒目相對。

38 想到
(conceive, perceive)

☞ **conceive of** 想到、認為；可看做 think of
☞ **perceive (vt.)** 查覺到、意識到；可看做 see

1 : Did you **perceive** any difference between both of them?
你有沒有察覺到他們倆有什麼不一樣呢？

2 : Don't **conceive of** me as a child.
不要把我當小孩看待。

3 : The exhibition is **conceived** by Jenny.
這個展覽是由珍妮構想出來的。

4 : Who **conceives** the new word, "paparazzi"?
誰想出狗仔隊這個新詞？

5 : I **perceived** a women walking out of the coffee shop.
我剛意識到有個女人走出咖啡廳。

6 : Jimmy **conceived of** a simple idea to solve the problem.
吉米想出了一個簡單的方法來解決問題。

7 : Can you **conceive of** the same thing happening again?
你能想像同樣的事情再發生一次嗎？

8 : One month later, John **perceived** that his parents had been right.
一年過去後，約翰意識到他的父母是對的。

39 懷孕
(expecting, pregnant, conceive)

☞ **expecting (adj.)** 期待孩子的誕生；待產
☞ **pregnant (adj.)** 已經懷孕而且即將分娩
☞ **conceive (vt.)(vi.)** 懷孕初期

1：Judy is **expecting**, and her family is expecting a new addition to their home.
茱蒂**懷孕**了，而她的家人也同樣期待著新生命的到來。

2：Mrs. Li is over six months **pregnant**.
李太太已經**懷孕**超過六個月了。

3：Jane is **pregnant** with Jimmy's child.
珍**懷**了吉米的孩子。

4：Amy can't **conceive**.
愛咪不能**懷孕**。

5：The man who makes underage girls **pregnant** should be sentenced.
讓未成年女性**懷孕**的男生要被判刑。

6：How long has she been **pregnant**?
她**懷孕**多久了呢？

7：You are still young enough to **conceive and carry**.
妳還年輕，可以**懷孕生子**。

40 外國的
（alien, exotic, foreign）

☞ **alien (adj.)** 通常指不喜歡或恐懼的（帶有貶抑的語氣） **(n.)** 外星人
☞ **exotic (adj.)** 指有趣或奇特的、異國風味的
☞ **foreign (adj.)** 指國外的、陌生的 ；**foreigner (n.)** 外國人

1：The restaurants on this street serve various **exotic foods**.
這條街道上的飯店提供各式的**異國食物**。

2：Do you believe that **aliens** really exist?
你相信**外星人**真的存在嗎？

3：The place is full of **exotic** plants.
這裡好多**奇特的**植物。

4：I felt **alien** to Tim.
我覺得跟提姆**不合**。

5：He likes to collect **foreign** stamps
他喜歡蒐集**外國**郵票。

 國外移民或海關的文件，通常是用 alien；除此之外一般的對話都是用 foreigner。

6：My story may sound **exotic** to some of you.
我的故事可能對你們其中一些人來說**太過奇特**了。

7：The U.S. must find a way to stop the influx of illegal **aliens** because the epidemic is too serious.
美國要設法阻止非法**外國人**進入境內，因為疫情太過嚴重了。

( ) **1.** Smile is a great remedy when you are _____ . [英檢模擬真題 (中級)]

(A) in a bad light (B) in a dilemma (C) in a hurry (D) in a way

( ) **2.** Only retail therapy can _____ my depression. Let's go shopping. [多益模擬真題]

(A) fix (B) punch (C) freeze (D) inspect

( ) **3.** The doctor suggested physiotherapy for your _____ ankle.

(A) sprain (B) spraining (C) sprained (D) be sprained [英檢模擬真題 (中級)]

( ) **4.** Although the manager apologized many times for his poor decision, there was nothing he could do to _____ his mistake. [97 指考]

(A) resign (B) retain (C) refresh (D) remedy

( ) **5.** She had to spend _____ hours in a physical therapy clinic to receive treatment. [100 學測]

(A) countable (B) countless (C) counting (D) counted

( ) **6.** These two companies signed a document to reinforce _____ business relations. [多益模擬真題]

(A) remedy (B) bilateral (C) redemption (D) benefit

1. 當你遇到困境時，微笑是最好的方法。
   (A) 往壞處看 (B) 在困境中 (C) 快點
   (D) 在某種程度上

2. 只有購物療法能解決我的沮喪。我們去購物吧！
   (A) 解決 (B) 打 (C) 凍僵 (D) 檢查

3. 醫生建議你扭傷的腳要做物理治療。

4. 雖然經理已經為錯誤的決定道歉了好幾次了，但仍然沒有辦法補救。
   (A) 辭職 (B) 保留 (C) 更新 (D) 補救

5. 她要花很長的時間在物理治療診所裡面接受治療。
   (A) 可數的 (B) 無數的 (C) 計算 (D) 計算

6. 這兩間公司簽訂一份文件，為了要強化雙方的商業關係。
   (A) 補救；藥 (B) 雙邊的 (C) 贖回 (D) 利益

Ans: BACDBB

( ) **1.** What Judy said last night _____ that she won't showed up. [英檢模擬真題 (中級)]

(A) suggested (B) improved (C) implied (D) supported

( ) **2.** My girlfriend _____ me that she wanted to get married yesterday. However, I think I am not ready for it. [英檢模擬真題 (中級)]

(A) humiliated (B) hinted (C) implied (D) imposed

( ) **3.** When Tom mentioned that he wanted to hang out with his friends, his mom just gave her a look which suggested _____ . [英檢模擬真題 (中級)]

(A) refuses (B) refused (C) refusing (D) refuse

( ) **4.** Psychologists therefore suggest that we _____ attention to those who do not conform. [103 指考]

(A) paid (B) pay (C) pays (D) paying

( ) **5.** His silence implied that we should continue to _____ the case. [多益模擬真題]

(A) invade (B) investigate (C) invent (D) invest

( ) **6.** This is a _____ of impatience in the tone of his voice. [英檢模擬真題 (中級)]

(A) hint (B) notion (C) dot (D) phrase

( ) **7.** The recent meeting between the two companies _____ that a deal is near. [多益模擬真題]

(A) imply (B) implies (C) was implied (D) implied

1. 朱蒂昨晚說的話暗示了她今天不會出現。
   (A) 暗示 (B) 改善 (C) 暗示 (D) 支持

2. 我的女友昨天暗示我她想結婚。但我覺得我還沒準備好。
   (A) 羞辱 (B) 暗示 (C) 暗示 (D) 把…強加於

3. 當湯姆提到他想跟朋友出去玩的時候，他媽媽給他了一個表情表示拒絕。

4. 心理學家因此建議我們多注意那些不遵從常規的人。

5. 他的沉默暗示了我們應該要繼續調查這個案子。
   (A) 入侵 (B) 調查 (C) 發明 (D) 投資

6. 這說明了他語氣的不耐煩。
   (A) 提示 (B) 概念 (C) 點 (D) 片語

7. 兩間公司最近的會議意味著交易將近。

Ans: CBCBBAB

( ) **1.** Sam was caught ＿＿＿ in his exam. [英檢模擬真題 (初級)]
(A) cheating (B) cheated (C) cheats (D) cheat

( ) **2.** John ＿＿＿ me into handing over my phone. [英檢模擬真題 (中級)]
(A) deceived (B) received (C) perceived (D) conceive

( ) **3.** This information came from a very ＿＿＿ source, so you don't have to worry about being cheated. [98 學測]
(A) reliable (B) flexible (C) clumsy (D) brutal

( ) **4.** John is still hopeful that Tina will be come back to him, but he is ＿＿＿ himself. [英檢模擬真題 (中級)]
(A) perceiving (B) deceiving (C) introducing (D) expecting

( ) **5.** Athletes caught cheating will be ＿＿＿ for three years. [多益模擬真題]
(A) depended (B) appended (C) expended (D) suspended

( ) **6.** Those who are caught ＿＿＿ in the examination will be severely punished. [英檢模擬真題 (初級)]
(A) cheat (B) to cheat (C) cheats (D) cheating

1. 山姆被抓到在考試作弊。

2. 約翰騙我要交出手機。

   (A) 詐騙 (B) 欺騙 (C) 想到 (D) 觀察到

   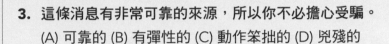

   補充 hand over 交出

3. 這條消息有非常可靠的來源，所以你不必擔心受騙。

   (A) 可靠的 (B) 有彈性的 (C) 動作笨拙的 (D) 兇殘的

4. 約翰仍然抱有希望認為蒂娜將會回到他身邊，但他這是在自欺欺人。

   (A) 察覺到 (B) 欺騙 (C) 介紹 (D) 期待

5. 被抓到作弊的體育員會被禁賽三年。

   (A) 依賴 (B) 附加 (C) 花費、消耗 (D) 暫停、中止

6. 那些被抓到考試作弊的人會被嚴厲的處罰。

   補充 句型文法為：S + catch/ leave/ find / keep + O + V-ing/ V- p.p./ adj.

   Eg1: Lisa found someone moving her bicycle.
   麗莎發現有人在移動她的腳踏車

   Eg2: Tom found his wallet stolen.
   湯姆發現他的錢包被偷走了。

   Eg3: I found you silly.
   我發現你傻傻的。

Ans: AAABDD

( ) **1.** Their team _____ throughout the whole contest. [英檢模擬真題（中級）]

(A) rubbed (B) ruled (C) dominated (D) domed

( ) **2.** The kingdom began to _____ after the death of its ruler, and was soon taken over by a neighboring country. [英檢模擬真題（中級）]

(A) collapse (B) disgruntle (C) rebel (D) withdraw

( ) **3.** Our team will certainly win the baseball game, because all the players are highly _____ . [92 學測]

(A) illustrated (B) estimated (C) motivated (D) dominated

( ) **4.** Like no other member we have ever employed, Amy exercised a _____ influence on the firm. [多益模擬真題]

(A) dominance (B) dominant (C) dominate (D) dominantly

( ) **5.** The strong desire to go to England _____ my life. [多益模擬真題]

(A) rule (B) is ruled (C) ruling (D) ruled

( ) **6.** It is apparent that _____ films dominate Taiwan's movie market this year, because many people are choosing Taiwanese films over Hollywood ones. [多益模擬真題]

(A) commercial (B) foreign (C) feature (D) domestic

( ) **7.** Tom makes _____ to walk after dinner. [英檢模擬真題（初級）]

(A) it a rule (B) it is a rule (C) a rule of it (D) a rule

1. 他們的隊伍主導了整個比賽。

   (A) 摩擦 (B) 統治 (C) 支配 (D) 圓頂的

2. 這個王國於統治者過世後開始瓦解,而且
   很快就被鄰國併吞。

   (A) 瓦解 (B) 使不開心 (C) 反抗 (D) 撤退

3. 我們的隊伍一定會贏得棒球比賽,因為所有的球員都有極高的動機。

   (A) 舉例說明 (B) 估計 (C) 積極的 (D) 佔優勢的

4. 不像我們其他雇用的人,艾咪對公司有舉足輕重的影響力。

   (A) 支配、統治 (B) 舉足輕重的 (C) 支配 (D) 支配地

5. 想去英國的願望佔滿了我的生活。

6. 很明顯,今年國內電影佔據了台灣市場,因為很多人選擇台灣電影而不
   選擇好萊塢電影。

   (A) 商業的 (B) 外國的 (C) 特徵 (D) 國內的 '

7. 湯姆習慣在晚餐後去散步。

> 補充 make it a rule to 養成…. 習慣;相當於 make a habit of
> Eg: What we have to do is to **make it a rule to** read.
> ⇒ What we have to do is to **make a habit of** reading.
> 我們所要做的事情是**養成**閱讀的**習慣**。

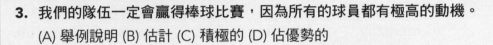

Ans: **CACBDDA**

125

( ) **1.** You can come closer. I won't _____ you. [英檢模擬真題 (中級)]
(A) harm (B) harmonize (C) injure (D) insist

( ) **2.** I don't want to _____ your heart. [英檢模擬真題 (中級)]
(A) huff (B) harsh (C) hurt (D) hush

( ) **3.** No matter how light the wound is when you are accidentally _____, always remember to go to the hospital.
[多益模擬真題]
(A) injured (B) inclined (C) hurted (D) included

( ) **4.** Helen let out a sigh of _____ after hearing that her brother was not injured in the accident. [101 學測]
(A) hesitation (B) relief (C) sorrow (D) triumph

( ) **5.** The blood-type craze, considered simply harmless fun by some Japanese, may _____ itself as prejudice and discrimination. [105 學測]
(A) manifest (B) despair (C) endeavor (D) esteem

( ) **6.** After playing basketball, John likes to take a hot bath to _____ his muscles. [英檢模擬真題 (中級)]
(A) relax (B) build (C) shrink (D) injure

( ) **7.** Tom suffered very serious brain _____ in the air crash. [英檢模擬真題 (中級)]
(A) damage (B) harm (C) ruin (D) wound

1. 你可以靠近一點，我不會傷害你的。
(A) 傷害 (B) 使和諧 (C) 傷害 (D) 堅持

2. 我不想要傷你的心。
(A) 吹氣 (B) 粗糙的 (C) 傷害 (D) 使沉默

3. 不論傷口多小，記得要去醫院。
(A) 傷害 (B) 傾斜 (C) 傷害（*hurt 應為三態同型） (D) 包括

4. 聽到她的兄弟在意外中未受傷，Helen 寬心地鬆了一口氣。
(A) 猶豫 (B) 寬心 (C) 悲傷 (D) 勝利

5. 一些日本人覺得血型熱潮無傷大雅，但它會在偏見與歧視行為中顯現。
(A) 表現、顯現 (B) 絕望 (C) 努力 (D) 尊重

6. 打籃球後，約翰喜歡洗個熱水澡放鬆肌肉。
(A) 放鬆 (B) 建造 (C) 萎縮 (D) 傷害

7. 湯姆在空難中遭受了很嚴重的腦部損傷。
(A) 損傷 (B) 傷害 (C) 破壞 (D) 傷口

Ans: ACABAAA

( ) **1.** Remember to _____ , or you may choke. [英檢模擬真題 (中級)]
(A) chew (B) smother (C) bite (D) faint

( ) **2.** I got _____ by a stray dog. [英檢模擬真題 (中級)]
(A) nodded (B) nibbled (C) bitten (B) biased

( ) **3.** The rabbit which _____ the carrot is so cute. [英檢模擬真題 (中級)]
(A) squeezes (B) nibbles (C) chops (D) sneezes

( ) **4.** I hate going to see a doctor, but I'll have to _____ . [多益模擬真題]
(A) bite the bullet (B) bite my tongue (C) grab a bite (D) bite the dust

( ) **5.** You have to chew the matter _____ in your mind before making up your mind. [多益模擬真題]
(A) in (B) over (C) off (D) at

( ) **6.** You should never take _____ food into your mouth than you can chew. [英檢模擬真題 (中級)]
(A) less (B) more (C) fewer (D) most

( ) **7.** One month after Judy resigned, she began to _____ her decision because she couldn't find another job. [多益模擬真題]
(A) applaud (B) deter (C) nibble (D) regret

1. 記得要咀嚼，否則你會噎到。
   (A) 咀嚼 (B) 使窒息 (C) 咬 (D) 昏倒

2. 我被一隻流浪狗咬了。
   (A) 點頭 (B) 小口小口咬 (C) 咬
   (D) 使有偏見

3. 在吃胡蘿蔔的兔子好可愛。
   (A) 擠壓 (B) 小口小口咬 (C) 砍 (D) 打噴嚏

4. 我討厭看醫生，但我不得不去。
   (A) 鼓起勇氣 (B) 忍氣吞聲 (C) 隨便吃吃 (D) 過世

   補充 bite the bullet 終於鼓起勇氣的意思

5. 你必須要在做決定前仔細思考一下。

6. 你不應該把過多的食物放到嘴巴裡咀嚼。

7. 在茱蒂辭職一個月後，她開始後悔她的決定了，因為她沒辦法找到工作。
   (A) 鼓掌 (B) 抑止 (C) 一點一點地咬 (D) 後悔

Ans: ACBABBD

( ) **1.** 1. Why are all the people in the museum _____ at me? What happen? [英檢模擬真題 (初級)]

(A) staring (B) swaying (C) ambling (D) amusing

( ) **2.** I'm so envy that there is a couple _____ at each other on the street. [英檢模擬真題 (初級)]

(A) staring (B) gazing (C) glooming (D) stumbling

( ) **3.** The result is an unfortunate tendency for people making _____ contact — in a job interview, for example — to stare fixedly at the other individual. [100 學測]

(A) initial (B) acid (C) amateur (D) grave

( ) **4.** People may look at the _____ to pick a lucky day when they make their choice. [103 學測]

(A) intonation (B) insult (C) launch (D) calendar

( ) **5.** Don't stare at people like that. It's _____ . [多益模擬真題]

(A) impolite (B) polite (C) impoliteness (D) pilot

( ) **6.** The _____ from the top of Mt. Jade is amazing. [英檢模擬真題 (初級)]

(A) look (B) view (C) gaze (D) vision

( ) **7.** When I told Tom the truth, he stared at me in complete _____ . [英檢模擬真題 (中級)]

(A) disbelief (B) disloyal (C) dismissal (D) dishonest

1. 為什麼在博物館裡的所有人都在看著我？
   發生了什麼事？
   (A) 盯著 (B) 搖擺 (C) 緩慢地走 (D) 使開心

2. 我很羨慕在街上的那對情侶凝視著對方。
   (A) 盯著 (B) 凝視 (C) 使憂鬱 (D) 絆倒

3. 這樣的結果通常造成不良的傾向，使人們刻意在首度見面時直視他人，
   例如在工作面試時。
   (A) 最初的 (B) 酸的 (C) 業餘的 (D) 墳墓、嚴重的

4. 人們在做決定的時候也會找個良辰吉日。
   (A) 語調 (B) 侮辱 (C) 發射 (D) 日曆

5. 不要這樣盯著別人。這不禮貌。
   (A) 不禮貌的 (B) 禮貌的 (C) 無禮 (D) 飛行員

6. 玉山山頂的景色很令人驚嘆。
   (A) 看 (B) 景觀 (C) 凝視 (D) 視力

7. 當我告訴湯姆事實時，他直愣愣地盯著我，一臉不相信的樣子。
   (A) 不相信 (B) 不忠 (C) 免職 (D) 不誠實的

Ans: ABADABA

( ) **1.** Dr. Begall and her colleagues wanted to know whether larger mammals also have the ability _____ magnetic fields. [98 學測]

(A) to perceive (B) perceive (C) perceiving (D) perceived

( ) **2.** With his excellent social skills, Steven has been _____ as a great communicator by all his colleagues. [96 指考]

(A) diagnosed (B) exploited (C) perceived (D) concerned

( ) **3.** The company **is perceived as** the provider of appliances in Taiwan.（找同義片語）[多益模擬真題]

(A) is regarded (B) is considered to be (C) is seen to (D) is viewed to

( ) **4.** The patient was perceived to have a problem in _____ . [英檢模擬真題（中級）]

(A) self-cared (B) caring-self (C) self-caring (D) cared-self

( ) **5.** I couldn't _____ that he would do such a terrible thing. [英檢模擬真題（中級）]

(A) conceive (B) receptive (C) active (D) repulsive

( ) **6.** Do you _____ that she never does something good for you? [英檢模擬真題（中級）]

(A) percuss (B) perceive (C) perfume (D) peril

1. 貝果爾博士和她的同事們想知道較大體型的動物是否有察覺磁場的能力。

2. 憑藉著優秀的社交技巧，史蒂芬一直都被同事認為是一位善於溝通的人。

   (A) 診斷 (B) 剝削 (C) 察覺 (D) 關心

3. 該公司被認為是台灣最好的電器供應商。

   > **補充** consider 的用法
   > 1. consider + n. 仔細考慮；顧及；考慮到；細看
   >   E.g.: We considered his suggestion. 我們仔細考慮了他的建議。
   > 2. consider + doing 考慮做 ...
   >   E.g.: John is considering going to study abroad.
   > 約翰正考慮出國留學。
   > 3. consider + wh. + to do 考慮怎麼做
   >   E.g.: I'm considering when to leave. 我正在考慮何時從這離開。
   > 4. consider + O. + (to be) ... 認為 ... 是 ...
   >   E.g.: Judy considers me to be her girlfriend.
   > 茱蒂認為我是她最好的朋友。
   > 5. consider that + 子句 考慮／認為
   >   E.g.: I consider that you are not suitable for this mission.
   > 我認為你不適合這次的任務。

4. 這個病患被認為在生活自理方面有問題。

   > **補充** self 有自己的意思
   > (1) self-portrait 自畫像　　　　(3) self-esteem 自尊
   > (2) self-confidence 自信　　　　(4) self-introduction 自我介紹

5. 我無法想像他竟然會做這麼恐怖的事。

   (A) 想像 (B) 可接受的 (C) 活躍的 (D) 令人反感的

6. 你是否認為她從未對你好過呢？

   (A) 敲 (B) 意識到 (C) 使有香味 (D) 使危險

Ans: ACBCAB

( ) **1.** The letter is to acknowledge the _____ of a client's request for a refund of a product. [多益模擬真題]

(A) receptive (B) receipt (C) conceit (D) conceiving

( ) **2.** However, a _____ period doesn't necessarily mean you're pregnant, especially if your cycle tends to be irregular. [英檢模擬真題 (中級)]

(A) miss (B) missing (C) missed (D) misses

( ) **3.** We are having a child. （找同義句） [英檢模擬真題 (中級)]

(A) We are expecting. (B) We have a miscarriage. (C) We are infertile. (D) We had an abortion.

( ) **4.** You would _____ and become the mother of Jesus, the Son of God.

(A) receive (B) perceive (C) conceive (D) deceive [英檢模擬真題 (中級)]

( ) **5.** _____ you receive the treatment of infertility, I promise that you are able to be pregnant. [英檢模擬真題 (中級)]

(A) Then (B) After (C) Since (D) before

( ) **6.** Pregnant women are_____ to take maternity leave in our country. [多益模擬真題]

(A) encouraged (B) emulated (C) entitled (D) enchanted

1. 這封信是確認客戶要求退款的收據。

   (A) 能接受的 (B) 收據 (C) 自負 (D) 懷孕

2. 但是，月經沒來不代表妳懷孕了，特別是妳平時就月經週期不順的話。

3. 我們要有小孩了。

   (A) 我們要有小孩了 (B) 我們流產了 (C) 我們不孕 (D) 我們墮胎了

4. 你將會孕育耶穌並成為神之子的母親。

   (A) 接受 (B) 意識到 (C) 懷孕 (D) 欺騙

5. 當你接受不孕症的治療之後，我保證你就能夠懷孕了。

   (A) 然後 (B) 在…之後 (C) 自從、因為 (D) 在…之前

6. 在我們國家裡，懷孕婦人被賦予請產假的權利。

    (A) 鼓勵 (B) 效法 (C) 有權利 (D) 使迷惑

補充 各種假期的英文

(1) personal leave 事假　　　　(5) maternity leave 產假

(2) sick leave 病假　　　　　　(6) paternity leave 陪產假

(3) annual leave 特休　　　　　(7) menstrual leave 生理假

(4) funeral leave 喪假　　　　　(8) official leave 公假

Ans: BCACBC

( ) **1.** Since 1974, the tiny country has revealed to the rest of the world its enviable nature _____, exotic animals, and a one-of-a-kind government. [93 學測]

(A) direct (B) reserves (C) diverse (D) measures

( ) **2.** Sometimes, people pick foreign names for their children because those names are unusual and will thus make their children more _____ and distinctive. [103 學測]

(A) impact (B) regardless (C) respect (D) unique

( ) **3.** Some people believe the Nazca Indians were _____ able to fly, perhaps in balloons. Others say the lines were landing areas for alien spaceships. [95 指考]

(A) someday (B) somehow (C) sometime (D) somewhere

( ) **4.** We saw pictures of exotic birds from the _____ of Brazil. [多益模擬真題]

(A) jungle (B) liquor (C) merit (D) maturity

( ) **5.** He found himself alone in an alien _____ . [英檢模擬真題 (中級)]

(A) hemisphere (B) atmosphere (C) biosphere (D) ozonosphere

( ) **6.** The movie E.T. is about an _____ from outer space. [英檢模擬真題 (中級)]

(A) alive (B) alien (C) olive (D) alias

( ) **7.** Tim enjoys all kinds of exotic food; he is truly a _____ . [英檢模擬真題 (中級)]

(A) villain (B) gourmet (C) glitter (D) beggar

1. 自 1974 年以來，這個小國家已經向世界其他地方展示了令人稱羨的自然保育區、奇異的生物和獨特的政府。

   (A) 直接 (B) 保留 (C) 多樣化的 (D) 措施

2. 有時候，人們會幫小孩取外國名字，因為這些不常見的名字會讓他們的小孩更獨特和與眾不同。

   (A) 影響 (B) 不論 (C) 尊重 (D) 獨特的

3. 有人相信當時的納斯卡印地安人不知怎麼地擁有飛行的本領，大概是他們乘坐著氣球吧。也有人說這些線條是外星人太空船的著陸區。

   (A) 某一天 (B) 不知怎麼地 (C) 過去某時 / 將來某時 (D) 某處

4. 我們看到了來自於巴西叢林的外來鳥的照片。

   (A) 叢林 (B) 酒 (C) 功績、優點 (D) 成熟度

5. 他發現他自己處在一個格格不入的氣氛之中。

   (A) 半球體 (B) 大氣層 (C) 生物圈 (D) 臭氧層

6. 這部電影 E.T. 是在描述外星人從外太空來的故事。

   (A) 活潑的 (B) 外星人 (C) 橄欖樹 (D) 別名

7. 提姆喜歡各式各樣的異國美食。他真的是一位美食家。

   (A) 惡棍 (B) 美食家 (C) 閃爍 (D) 乞丐

Ans: BDBABBB

感恩節
Thanksgiving

　　感恩節這個節日和英國基督教的宗教紛爭有關。大約在公元 16 世紀末到 17 世紀，英國清教徒發起了一場宗教改革運動，宣布脫離宗教，另立教會，主張清除基督教聖公會內部的殘餘影響。

　　但是在 17 世紀中葉時，保皇議會通過了《信奉國教法》，清教徒開始遭到政府和教會勢力的迫害，輾轉逃亡到荷蘭，所幸得到一群探險商的資助，便乘著五月花號（The Mayflower）來到了現在麻薩諸塞州的普立茅斯，尋找宗教的新天地。

　　由於他們是在十一月時登上新大陸，當時並沒有足夠的食物，更沒有適當的避寒場所，使得許多人失去了性命。剩下的人好不容易挨過冬天，到了春天正愁不知道該如何生活時，住在附近的印地安人熱情地指導這些新住民如何栽種與打獵，經過一番努力之後，在秋天獲得了大豐收。因此他們便邀請印地安人一同慶祝，這就是第一個感恩節的由來。

　　1683 年，美國總統林肯正式宣布 11 月 26 日為感恩節國定假日。之後日期歷經變動，直到 1941 年才由國會通過，並宣布每一年 11 月的第四個星期四為感恩節假日。

PART 05

易混淆的大考核心單字

41. 突然的（abrupt, sudden）

42. 青少年（adolescent, teenager, juvenile, pubescent）

43. 發現（discover, find out）

44. 生病（sickness, illness, disease）

45. 敏銳（acute, sharp, keen）

46. 面對（face, confront）

47. 方法（manner, way, method）

48. 花費（expend, spend）

49. 強迫（compel, force）

50. 效忠（allegiance, fidelity, loyalty）

41 突然的
（abrupt, sudden）

> ☞ abrupt (adj.) 沒有預期的意外發生，通常帶有不愉快的感受
> ☞ sudden (adj.) 發生的很迅速且沒有意料到

1： His **abrupt/ sudden** departure from the coalition government brought the peace talks to an **abrupt/ a sudden halt**.
他**突然**離開聯合政府使和談**驟然終止**。

2： Don't make any **sudden** movement.
不要輕舉妄動。

3： When Judy broke into my room, our conversation was interrupted **abruptly**.
當茱蒂突然衝進房間時，我們的交談就**突然**被打斷了。

4： Our team's project has been ended abruptly.
我們團隊的計畫**突然**就被中止了。

5： The **abrupt** change of schedule makes us unhappy.
突然的改變行程讓我們很不高興。

6： There was a **sudden** change in the weather.
天氣**突然**變了。

7： The **abrupt** change of schedule made the delegation unhappy.
突然的行程改變使代表團相當不開心。

42 青少年
（adolescent, teenager, juvenile, pubescent）

☞ **adolescent (n.)** 12-18 歲的青少年
☞ **teenager (n.)** 13-19 歲的青少年
☞ **juvenile (n.)** 未成年的青少年
☞ **pubescent (n.)** 進入青春期的青少年；**(adj.)** 青春期的

1 : **Pubescent** boys and girls tend to have sexual fantasies.
青春期的男女經常有性幻想。

2 : Some **teenagers** think that puffing on a cigarette is cool, but it's wrong.
有些十幾歲的孩子認為抽菸很酷，但這是錯的。

3 : **Juvenile offender** will be sent to the juvenile court.
少年犯將會被送到少年法庭。

4 : I'm looking for an **adolescents** for two weeks.
我找一名青少年找了兩週了。

5 : Judy had to earn her own living when she was a **teenager**.
當茱蒂還小的時候就必須要自力更生了。

6 : I'm afraid that he will be a **juvenile** delinquency eventually.
我怕他最後會成為一名青少年罪犯。

7 : The government was mobbed by protestors, and most of them are **teenagers**.
政府被一群抗議者包圍著，而且裡面大部分的人都是青少年。

8 : I need to take care of six **adolescents** for a week.
我要照顧六個青少年一週。

43 ▸ 發現
(discover, find out)

☞ **discover (vt.)** 偶然或經過努力找到；客觀存在的事實、真理
☞ **find out** 非常的努力才找到；搞清楚、弄懂

1 : Please **find out** what time the delegation will come.
請查一下代表團何時會到。

2 : Columbus **discovered** America in 1492.
哥倫布在 1942 年發現美洲。

3 : The key evidence was **discovered** by the police after a long search.
經過長時間的搜查後，警方發現了關鍵證據。

4 : Scientists will **find out** what it is.
科學家會找出來這是什麼的。

5 : Who **discovered** Taiwan first?
誰最先發現台灣？

6 : We **discovered** that our luggage had been stolen at the airport.
我們發現我們的行李在機場被偷了。

7 : You need to **find out** what the truth is.
你必須找出真相是什麼。

8 : Who **discovered** the law of gravitation ation?
誰發現了地心引力？

44 生病
（sickness, illness, disease）

☞ **sickness (n.)** 生病、疲累所造成的身體不適，影響到工作、社交生活等，通常有頭暈、嘔吐等症狀

☞ **illness (n.)** 不論是否經過醫師診斷，只要是身體不適都可用這個字

☞ **disease (n.)** 由醫師診斷出的疾病

 小訣竅 — 單字使用的廣度 illness> sickness> disease

1： AIDS is a kind of **disease** which is transmitted by blood.
愛滋病是透過血液傳染的**疾病**。

2： We are certain that he will quickly get over the **illness**.
我們肯定他一定會很快**病**好起來。

3： In 30 years of working, he had only one week of **sickness**.
工作這三十年以來，他只有**生病**過一週。

4： During John's **illness**, Kate took care of him.
在約翰**生病**的期間是凱特在照顧他的。

5： I was worried that no one could look after Mom when she was **illness**. Thus, I quitted my job and went back to my hometown.
我很擔心媽媽**生病**時沒人可以照顧。所以我辭職回鄉。

6： The symptoms of this disease are fever and **sickness**.
這種疾病的症狀是發燒和**嘔吐**。（sickness 也有嘔吐的意思）

7： I'm worried about your mother's **illness**. Is she alright?
我很擔心你母親的**病**。她還好嗎？

45 敏銳
（acute, sharp, keen）

☞ **acute (adj.)** 感覺與智力方面的敏銳；指生病時，表示急性的：
acute bronchitis 急性支氣管炎
☞ **sharp (adj.)** 指洞察力、分析力；有時帶有貶意
☞ **keen (adj.)** 指人時，表示感覺敏銳的、觀察細微的；指物時，表示
刺骨

 小訣竅 ── 一般表示敏銳時，acute/ sharp / keen 可以通用

1： Dogs have an **acute** sense of smell.
狗兒對嗅覺相當敏銳。

2： He is **sharp** at spotting mistakes.
他能敏銳地找出錯誤。

3： She is **sharp-tongued**.
她說話刻薄。

4： The blind have a **keen** sense of touch.
盲人有敏銳的觸覺。

5： The photographer has a **keen** eye for beauty.
這攝影師有敏銳的審美眼光。

6： A bad tooth can cause **acute** pain, so I want to eat aspirin.
一顆蛀牙可以引發劇烈的疼痛，所以我想要吃阿斯匹靈。

7： Judy's intuition is sometimes **keen**. Maybe we should follow her.
茱蒂的直覺有時候很準。也許我們應該要跟著她。

8： Tom's **sharp** senses can distinguish the differences between the two chairs.
湯姆敏銳的感官可以區別出兩把椅子的差別。

46 面對
(face, confront)

☞ **face (vt.)** 指臉朝著對方，也可指面對問題；一般用語
☞ **confront (vt.)** 不可避免的，面對面相遇、處理問題；較為正式

1： The children decided to **confront** bullying themselves.
孩子們決定自己**面對**霸凌。

2： Please **face** me when you are talking.
當你講話時，請**面對**我。

3： When the war breaks out, the soldiers are always the first to **confront** danger.
當戰爭爆發時，士兵總是第一個**面臨**危險的。

4： When I am **confronted** with the camera, I will be very nervous.
當我**面對**鏡頭時，我會變的很緊張。

5： You must **face** the fact that he made a big mistake.
你必須了解他犯了很大的一個錯誤。

6： Stay calm **in face** of historical moment.
以平常心**見證**歷史的時刻。

7： **Are** you **confronted with** an obstacle?
你**面臨**到阻礙了嗎？

8： After **being confronted with** our evidence, the suspect confessed his crime.
面對我們提出的證據後，嫌疑犯坦承了他的罪刑。

補充 be confronted with + 事件；be confronted by + 人
Eg1: The soldiers were confronted by two terrorists as they left the pub.
當士兵們離開酒吧後遇到了兩名恐怖分子。
Eg2: John is confronted with a new marketing problem.
約翰遇到了新的行銷問題。

47 方法
（ manner, way, method ）

☞ **manner (n.)** 指過程中的好的或壞的方式
☞ **way (n.)** 指對待事情的方式
☞ **method (n.)** 強調有系統的方式、程序

1 : It's not the method itself , but the **manner** you make use of the method that is responsible for the failure.
不是方法本身，而是你使用這方法的方式，導致了這次的失敗。（ make use of 利用 ）

2 : I have a new **method** of working out the problem.
我有一個解決這個問題的新方法。

3 : Do you remember the **way** you spent your childhood?
你還記得你是怎麼度過童年的嗎？

4 : Is this the **way** you repay me?
這就是你回報我的方式嗎？

5 : I will bring a new training **method** into our company.
我會為公司引進一種新的訓練方法。

6 : Don't treat me **that way.**
不要用那樣的方式對待我。

7 : The protestors will adopt more radical **methods.**
抗議者將會採取更激烈的方式。

8 : Don't stare at me in an accusing **manner.**
不要用責備的眼神看著我。

花費
(expend, spend)

☞ **expend (vt.)** 為了某一個項目而花費大量金錢、時間或精力
☞ **spend (vt.)** 花費時間或金錢，後接 V-ing

1 : I have **spent** all of my money.
我已經花光了我所有的錢了。

2 : Tom **spent** three hours studying.
湯姆花費了三個小時讀書。

3 : Don't **expend** too much your energy on this project.
不要花費太多精力在這個計畫上面。

4 : The company has **expended** lots of money on regular
maintenance.
公司已經花費了大量金錢在定期維護上面。

5 : Judy **spends** one hour cleaning her room once a week.
茱蒂一週花費一個小時清理房間。

6 : The enemy had **expended** all their ammunition. Let's fight
back.
敵軍的彈藥已用盡，我們回擊吧。

7 : I want to **spend** the rest of my life in English.
我想要在英國度過餘生。

8 : John **spent** the whole morning sleeping.
約翰花了整個早上的時間在睡覺。

強迫
(compel, force)

☞ **compel (vt.)** 運用權力讓他人坐某事
☞ **force (vt.)** 通常是指用暴力迫使別人

1 : The thief **forced** her to hand over the money.
強盜迫使她把錢交出來。

2 : They often **compelled** us to work twelve a day.
他們常常強迫我們每天工作十二或十四小時。

3 : His illness **compelled** him to stay in bed.
他的病常迫使她臥床休息。

4 : This situation **compelled** a change in the policy of compulsory education.
這狀況迫使在義務教育的政策上有所改變。

5 : When the police arrive, they will **force** the suspect to give up his weapons.
當警察到達的時候，他們會迫使嫌犯放下武器。

6 : The enemy **were compelled** to put down their weapons.
敵人被迫放下武器。

7 : No one can **compel** me to do the thing that I don't want to.
沒有人可以強迫我做我不想做的事情。

8 : Tom **is forced** to sign a renunciation of succession, or his dad's debt will be on you.
湯姆被迫要簽署放棄繼承同意書，否則他父親的債務會在他身上。

50 效忠
(allegiance, fidelity, loyalty)

☞ **allegiance (n.)** 對國家、政府或組織的效忠
☞ **fidelity (n.)** 忠實履行義務和責任
☞ **loyalty (n.)** （強調個人情感依附）對人、原則或國家的忠貞不二

1： A public official must pledge to his own country. Anyone who switches **allegiance** is a traitor.
政府官員必須對他自己的國家發誓**效忠**。改變效忠就是賣國賊。

2： The military strongman's **loyalty** can't be counted on.
那個軍事強人的**忠誠度**不可靠。

3： Are you certain of your partner's **fidelity**?
你確定對方對你是**忠誠**的嗎？

4： I will do my best to win the **allegiance** of the public
我會盡我所能的去贏得大眾的**支持**。

5： His **loyalty** to his friends was never be doubted.
他對朋友的**忠心**向來沒受到懷疑過。

6： Jimmy knew the simple single-hearted **fidelity** of his child.
吉米十分了解他這個單純樸實的**孝心**。

7： My **loyalty** to the landlord is undoubted.
我對我主人的**忠心**無庸置疑。

( ) **1.** He **suddenly** realized that he always gave his customers exactly what they paid for, "But why not give more?" （找出同義字）[102 指考]

(A) passively (B) all of a sudden (C) bankrupt (D) eruption

( ) **2.** His _____ to power was very sudden. [英檢模擬真題（中級）]

(A) raise (B) rise (C) arise (D) rouse

( ) **3.** The abrupt change of **schedule** will give our manager lots of trouble. （找出同義字）[多益模擬真題]

(A) scheme (B) plain (C) complain (D) scholar

( ) **4.** A sudden _____ of wind turned my umbrella inside out. [英檢模擬真題（中級）]

(A) breath (B) gust (C) grumble (D) stroke

( ) **5.** John is not a brilliant student who can only make _____ progress at school. [英檢模擬真題（中級）]

(A) holistic (B) graphic (C) gradual (D) abrupt

( ) **6.** With the hunting down of Bin Laden, the _____ president, Obama saw a sudden rise in his approval rating. [英檢模擬真題（中高級）]

(A) incumbent (B) unanimous (C) incubative (D) available

( ) **7.** Tom is not a(n) _____ student who can only make gradual progress at school. [英檢模擬真題（中級）]

(A) brilliant (B) irritable (C) inevitable (D) abrupt

解題說明

1. 他驚覺自己總是將顧客購買的麵包確切地分給他們，「但為何不多給一點呢」？
   (A) 被動地 (B) 突然 (C) 破產 (D) 爆發

2. 他的掌權令人意外。
   (A) 舉起、養育、招募 (vt.) (B) 上升 (vi.)
   (C) 發生 (vi.) (D) 喚起、激起 (vt.)

3. 行程突然改變會給我們經理造成很多麻煩。
   (A) 方案、計畫 (B) 平原 (C) 抱怨 (D) 學者

4. 突然的一陣風把我的雨傘外翻了。
   (A) 呼吸 (B) 一陣 (C) 發牢騷 (D) 中風

5. 在學校，約翰不是一個聰明的學生，他只能慢慢的進步。
   (A) 全體的 (B) 圖畫的、生動的 (C) 逐漸的 (D) 突然的

6. 隨著賓拉登倒下，現任總統歐巴馬發現他的支持率突然上升了。
   (A) 現任的 (B) 無異議的、意見一致的 (C) 潛伏的 (D) 有用的

7. 湯姆不是一個很聰明的學生，只能在學校逐漸進步。
   (A) 聰明的 (B) 易怒的 (C) 不可避免的 (D) 突然的

Ans: BBABCAA

( ) **1.** Whether simple or lavish, proms have always been more or less _____ events for adolescents who worry about self-image and fitting in with their peers. [99 學測]

(A) traumatic (B) awkward (C) cork (D) coarse

( ) **2.** As a teenager, Cartier-Bresson _____ against his parents' formal ways of education. [104 學測]

(A) accessed (B) recovered (C) worshiped (D) rebelled

( ) **3.** A pubescent girl begins to _____ . [英檢模擬真題 (中級)]

(A) menstruate (B) monetary (C) manufacture (D) madden

( ) **4.** _____ a recent marketing study, young adults influence 88% of household clothing purchases. [多益模擬真題]

(A) In spite of (B) Compared with (C) According to (D) In addition to

( ) **5.** I _____ wonder whether I would make another choice if I was a teenager today. [英檢模擬真題 (中級)]

(A) sometime (B) some time (C) sometimes (D) some times

( ) **6.** The government launched a national _____ plan to help individuals planning for post-retirement life. [英檢模擬真題 (中級)]

(A) adolescent (B) adrenalin (C) pension (D) pentagon

( ) **7.** He could not stand the teenager's _____ behavior. [英檢模擬真題 (中級)]

(A) rude (B) ambiguous (C) mental (D) lonely

1. 無論簡樸或浪漫，舞會對於擔心自我形象和難以融入同儕的青少年，或多或少都是一種痛苦的活動。

   (A) 創傷的 (B) 笨拙的 (C) 軟木塞
   (D) 粗糙的

2. 還是少年的 Cartier-Bresson 曾違抗他父母所安排的正規教育。

   (A) 接近 (B) 恢復 (C) 祭拜 (D) 造反

3. 青春期的女孩開始月經來潮。

   (A) 月經來潮 (B) 金融的、貨幣的 (C) 工廠製造 (D) 使暴怒

4. 根據最近的市場研究，年輕的成人影響了百分之八十八家庭衣物的購置。

   (A) 儘管 (B) 與…相較之下 (C) 根據 (D) 除…之外

5. 有時候我會想，如果我現在是青少年的話，我會不會做另一種選擇呢。

   (A) 過去或未來的某一時刻 (B) 一些時間 (C) 有時候 (D) 幾次（相當於 several times）

6. 政府啟動了一項國家養老金計畫，以幫助個人規劃退休後的生活。

   (A) 青少年 (B) 腎上腺素 (C) 退休金 (D) 五角形

7. 他沒辦法忍受青少年的無禮行為。

   (A) 無禮的 (B) 含糊不清的 (C) 心理上的 (D) 孤單的

Ans: ADACCCA

( ) **1.** If he _____ ,he will be mad with me. [英檢模擬真題 (中級)]
(A) finds out (B) releases (C) discovers (D) practice

( ) **2.** We occasionally _____ the clue of being deleted. [英檢模擬真題 (中級)]
(A) discovered (B) found out (C) frustrated (D) conveyed

( ) **3.** It is typically the accountant who discovers discrepancies in the financial _____ . [多益模擬真題]
(A) garment (B) ornament (C) statement (D) sentiment

( ) **4.** Here in Africa, Lonsdorf is conducting one of the world's longest wildlife studies, trying to discover how learning is transferred _____ generations. [103 指考]
(A) across (B) beside (C) upon (D) within

( ) **5.** John _____ the reason why Mary had a miscarriage. [英檢模擬真題 (中級)]
(A) surveyed (B) recovered (C) discovered (D) converted

( ) **6.** _____ who is in charge of this case, call Tom at work. [多益模擬真題]
(A) To find out (B) Finding out (C) Find out (D) Having found out

1. 如果他發現的話，他會生我的氣的。
   (A) 發現 (B) 釋放 (C) 發現 (D) 執行

2. 我們偶然間發現被刪除的線索。
   (A) 發現 (B) 發現 (C) 使受挫 (D) 傳達

3. 通常是會計師會發現財物敘述上的差異。
   (A) 衣服 (B) 裝飾 (C) 敘述 (D) 情感

4. 在非洲，Londsdorf 正在進行世界上最長期的野外研究之一，試著探索學習如何跨世代傳遞。
   (A) 在…對面 (B) 在…旁邊 (C) 在上面 (D) 在…之內

5. 約翰發現為什麼瑪莉會流產的原因了。
   (A) 調查 (B) 恢復 (C) 發現 (D) 轉換

6. 打到湯姆的辦公室，找出誰負責這個案子。

> 補充 遇到有逗點的句子，請先從後面的句子翻譯，就能判斷空格處要填 finding out 還是 To find out
> (1) (X) Call Tom at work **finding out** who is in charge of the case.
> ⇒動名詞當主詞時代表事件，動詞為單數。
> Eg: Learning English is important. 學英文很重要。
> (2) (O) Call Tom at work **to find out** who is in charge of the case.
> ⇒這邊的不定詞表目的性。

> 補充 祈使句的用法（原型動詞開頭）
> Eg: Study hard, and you will success.
> ⇒ If you study hard, you will success.
> 努力讀書，你會成功的。（祈使句可用假設語氣代替）

Ans: AACACA

( ) **1.** There is a high _____ for heart disease in people who eat too much fatty food. [多益模擬真題]

(A) peninsular (B) potential (C) poisonous (D) penetrable

( ) **2.** A second kind of medicine is called "natural cures," or "folk medicine," _____ less educated people try to cure sicknesses with various herbs. [92 學測]

(A) in which (B) at which (C) whom (D) that

( ) **3.** He was interested in the workings of the _____ mind rather than the nature of mental illness. [102 學測]

(A) contrary (B) normal (C) formal (D) mutual

( ) **4.** According to government regulations, if employees are unable to work because of a serious illness, they are _____ to take extended sick leave. [104 指考]

(A) adapted (B) entitled (C) oriented (D) intimidated

( ) **5.** In 1902 Sir Archibald Garrod was the first to attribute a _____ to an enzyme defect, which he later referred to as an "inborn error of metabolism." [106 指考]

(A) disease (B) balance (C) measure (D) statement

( ) 6. The reason for her absence was _____. [英檢模擬真題 (中級)]

(A) darkness (B) acuteness (C) conspicuousness (D) illness

1. 攝取過多油質食物有較高的可能性會得心臟病。

   (A) 半島的 (B) 有潛力的 (C) 有毒的
   (D) 可穿透的

2. 另一種醫學稱為自然療法或民俗醫學，在此比較沒有受教育的人試圖用各種藥草來治療疾病。

3. 他對於正常的心理運作而不是心理疾病感興趣。

   (A) 相反的 (B) 正常的 (C) 正式的 (D) 互相的

> **補充** 情緒形容詞的介係詞搭配
> 1. be + surprised ／ shocked ／ amazed ／ astonished （驚訝）／ frightened （驚嚇）+ at
>   Eg: We were surprised at the appearance of the police car.
>   我們很訝異警車出現。
> 2. be + embarrassed （尷尬）／ confused ／ puzzled （困惑）+ about
>   Eg: John is depressed about his exam results.
>   約翰對考試成績感到沮喪。
> 3. be + impressed （對…印象深刻）／ frustrated （沮喪）／ fascinated （著迷）+ with
>   Eg: We were very impressed with your proposal.
>   我們對於你的提案感到印象深刻。

4. 根據政府規定，如果員工因重病而無法上班，他們有權利請延長病假。

   (A) 適應 (B) 給予…權利 (C) 以…為目標 (D) 威嚇

5. 1902 年，蓋羅爵士是第一個把疾病歸因於酵素缺陷的人，他後來稱之為「先天性代謝異常」。

   (A) 疾病 (B) 平衡 (C) 測量 (D) 敘述

6. 她缺席的原因是生病。

   (A) 黑暗 (B) 劇烈、敏銳 (C) 顯而易見 (D) 生病

Ans: BABBAD

( ) **1.** Without the sense of sight, their toys seemed to be lacking one of the keenest abilities that life forms use to _____ to their environment. [93 指考]

(A) react (B) complicate (C) active (D) duplicate

( ) **2.** Since the orange trees suffered _____ damage from a storm in the summer, the farmers are expecting a sharp decline in harvests this winter. [99 學測]

(A) potential (B) relative (C) severe (D) mutual

( ) **3.** The movie was so popular that many people came to the _____ conclusion that it must be good; however, many professional critics thought otherwise. [104 指考]

(A) acute(B) naive (C) confidential (D) skeptical

( ) **4.** In the keen competition of this international tennis tournament, she _____ won the championship. [91 學測]

(A) privately (B) distantly (C) fatally (D) narrowly

( ) **5.** It is urgent that the acute problem of air pollution in the city _____ . [多益模擬真題]

(A) solve (B) solving (C) be solved (D) be solving

( ) **6.** I don't know. If he is very _____ on the idea, I think Tina can talk him into it. [英檢模擬真題 (中級)]

(A) skeptical (B) kind-hearted (C) keen (D) skeletal

1. 因為沒有視力，他們的玩具似乎缺乏一種最敏銳的能力，一種所有生命體用以對環境做出反應的能力。

   (A) 反應 (B) 使複雜 (C) 活躍的 (D) 複製

2. 因為柳丁在今年夏天受到暴風雨嚴重的損害，農夫們預期今年冬天的收成會銳減。

   (A) 有潛力的 (B) 相關的 (C) 嚴重的 (D) 相互的

3. 這部電影相當賣座，以致於很多人都直接下了「該片必定好看」這樣輕信的結論；然而，許多專業的影評認為實則不然。

   (A) 嚴重的 (B) 輕信的、天真的 (C) 機密的 (D) 懷疑的

4. 在這場激烈的國際網球比賽中，她勉強贏得冠軍。

   (A) 私人地 (B) 遙遠地 (C) 致命地 (D) 勉強地

5. 城市裡嚴重的空汙問題需要被解決。

   > **補充** It 做虛主詞的常見句型範例
   > 文法：It is + 主觀形容詞 that + S + (should) + 原型動詞
   > 主觀形容詞：important, necessary, essential, vital, advisable, appropriate…
   > Eg1: It is necessary that you (should) be punished by your teacher.
   > 你必須要被老師處罰。
   > Eg2: It is important that Tim (should) study abroad.
   > 提姆要出國留學這件事很重要。

6. 我不知道。如果他非常喜歡這個想法，我想蒂娜可以說服他。

   (A) 懷疑的 (B) 善良的 (C) 喜歡、渴望（be keen on） (D) 骨骼的

Ans: ACBDCC

( ) **1.** Hemingway liked to portray soldiers, hunters, bullfighters—tough, at times primitive people whose courage and honesty are set against the brutal ways of modern society, and who in this _____ lose hope and faith. [104 指考]

(A) limitation (B) classification (C) confrontation (D) modification

( ) **2.** I asked how she dealt with the realization that she'd never walk again, and she _____ that initially she didn't want to face it. [101 學測]

(A) confessed (B) professional (C) confessional (D) professionalize

( ) **3.** I will seek for parents' _____ when facing with problems in my life. [多益模擬真題]

(A) export (B) import (C) report (D) support

( ) **4.** The difference between a winner and loser is, when _____ immense difficulties, the former never loses heart. [多益模擬真題]

(A) confronted with (B) confronting with (C) it is confronted with (D) confront with

( ) **5.** I don't have enough _____ to face Tommy because I have done so much terrible things to him. [英檢模擬真題(中級)]

(A) courage (B) encourage (C) court (D) courteous

( ) **6.** All workers in the company must _____ with each other so that work can be done quickly. [多益模擬真題]

(A) confront (B) coarse (C) cooperate (D) cohabit

( ) **7.** There is a girl _____ with a problem. [英檢模擬真題(中級)]

(A) famished (B) confronted (C) familiar (D) found

1. 海明威喜歡描繪士兵、獵人、鬥牛士這類堅韌、有時帶有純樸氣質的人物,他們用勇氣和正直與現代社會的殘酷相抗衡,並在這樣的對抗中失去希望和信念。

   (A) 限制 (B) 分類 (C) 對抗 (D) 修改

2. 我問她當發現自己無法再走路時,她如何面對,她承認一開始自己拒絕面對現實。

   (A) 坦承 (B) 專業的 (C) 懺悔的 (D) 使專業化

3. 當生活遇到問題時,我會尋求家人的支持。

   (A) 出口 (B) 進口 (C) 報告 (D) 支持

4. 輸家跟贏家的差別在於前者從來不灰心。

5. 我沒有勇氣去面對湯米,因為我對他做了許多不好的事情。

   (A) 勇氣 (B) 鼓勵 (C) 法庭 (D) 有禮貌的

6. 所有的公司員工都要彼此合作,這樣工作就能盡快結束。

   (A) 面臨 (B) 粗糙的 (C) 合作 (D) 同居

7. 那裡有個女孩遇到問題了。

   (A) 飢餓的 (B) 遇到 (C) 熟悉的 (D) 找到

Ans: CADAACB

( ) **1.** The piece _____ much media attention for its unique method of philosophical presentation. [101 指考]

(A) attracted (B) extracted (C) distracted (D) retracted

( ) **2.** While adapting to western ways of living, many Asian immigrants in the US still try hard to _____ their own cultures and traditions. [98 學測]

(A) volunteer (B) scatter (C) preserve (D) motivate

( ) **3.** Perhaps the only _____ way to play the stock market is to leave your money in for long-term benefits. [多益模擬真題]

(A) sensible (B) sense (C) sensitive (D) sensation

( ) **4.** You should _____ this method to your manager, and it will cut down our cost of raw material. [多益模擬真題]

(A) tender (B) compensate (C) recommend (D) pretend

( ) **5.** The appreciation is a(n) _____ which is from your heart.

(A) attempt (B) manner (C) precaution (D) temple [英檢模擬真題 (中級)]

( ) **6.** I'd like to see the movie some time this week. I've heard that it's worth seeing. _____, do you know where the theater is? [英檢模擬真題 (中級)]

(A) On the way (B) By the way (C) In the way (D) this way

47 解題說明

1. 這篇作品因為它對於哲學發表的獨特方法吸引了許多的媒體關注。

   (A) 吸引 (B) 提取 (C) 使分心

   (D) 縮回；撤回

2. 雖然適應了西方的生活方式，許多在美國的亞洲移民仍努力保有自己的文化與傳統。

   (A) 自願 (B) 散開 (C) 保存 (D) 激勵

3. 也許在股票市場裡獲得利益的唯一明智方法就是長期持有股票。

   (A) 明智的 (B) 感覺 (C) 敏感的 (D) 轟動

4. 你應該向經理推薦這個方法，這能節省原料成本。

   (A) 使變柔軟 (B) 補償 (C) 推薦 (D) 假裝

5. 感激是要發自內心的。

   (A) 企圖 (B) 方式 (C) 預防 (D) 寺廟、太陽穴

6. 我想要這一週找個時間去看電影。聽說很好看。順道一提，你知道電影院在哪嗎？

   (A) 在路上 (B) 順道一提 (C) 擋路 (D) 如此、這邊

Ans: ACACBB

( ) **1.** To have a full discussion of the issue, the committee spent a whole hour _____ their ideas at the meeting. [98 學測]

(A) depositing (B) exchanging (C) governing (D) interrupting

( ) **2.** The speaker spent twenty minutes on one simple question. The explanation was so _____ that we could not see the point clearly. [94 指考]

(A) coherent (B) crucial (C) various (D) lengthy

( ) **3.** Our government _____ large sums of money in protecting the historical remains. [多益模擬真題]

(A) depended (B) expended (C) expanded (D) appended

( ) **4.** He will expended all his energy _____ this project. [多益模擬真題]

(A) on (B) at (C) of (D) to

( ) **5.** I am going to spend the whole weekend _____ for the presentation. [英檢模擬真題 (中級)]

(A) prepare (B) to prepare (C) preparing (D) prepared

( ) **6.** He asked me how much time I spent _____ for the test. [英檢模擬真題 (中級)]

(A) predicting (B) preparing (C) preaching (D) presuming

( ) **7.** A widening gap between rich and poor is threatening to _____ Japan's view of itself as a middle-class country. [多益模擬真題]

(A) expend (B) propel (C) destroy (D) compel

( ) **8.** A nation's _____ of trade is considered unfavorable if it spends more money on imports than it gains from exports. [多益模擬真題]

(A) prompt (B) benefit (C) asset (D) balance

解題說明

1. 為了充分討論該議題，委員會花了整整一小時在會議中交換他們的意見。
   (A) 存放 (B) 交換 (C) 統治 (D) 使中斷

2. 演講者在一個簡單問題上就花了 20 分鐘。
   這樣的解說太過冗長，因此我們無法清楚了解重點是什麼。
   (A) 連貫的 (B) 重要的 (C) 各式各樣的 (D) 冗長的

3. 我們的政府花費了大量的金錢來保護歷史遺跡。
   (A) 依賴 (B) 花費 (C) 擴張 (D) 懸吊

4. 他在這個計畫上面花了大量的精力。

5. 我要花整個周末來準備簡報。

6. 他問我花多少時間準備考試。
   (A) 預測 (B) 準備 (C) 佈道 (D) 假設

7. 貧富差距日漸擴大，有可能會破壞日本自視為中產階級國家的看法。
   (A) 花費 (B) 推動 (C) 破壞 (D) 迫使

8. 一個國家的貿易平衡如果在進口上花費的錢多過於出口所獲得的錢，會被認為是不利的。
   (A) 催促 (B) 利益 (C) 資產 (D) 平衡

1 2 3 4 5 6 7 8 9 10

Ans: BDBACBCD

( ) **1.** Trade is certainly a main _____ force for globalization. [105 學測]

(A) driving (B) pulling (C) riding (D) bringing

( ) **2.** In 2011, a minister, Ryu Matsumoto, was forced to resign after only a week in office, when a _____ encounter with local officials was televised. [105 學測]

(A) temper-bad (B) tempered-bad (C) bad-tempered (D) bad-temper

( ) **3.** These movements, forming an exercise system, _____ one to effortlessly experience the vital life force, or the Qi energy, in one's body. [104 學測]

(A) allow (B) allows (C) allowed (D) allowing

( ) **4.** The journalist felt _____ to report this incident. [多益模擬真題]

(A) composed (B) compelled (C) competed (D) compared

( ) **5.** Do employers in your country _____ workers for injuries suffered at their work? [英檢中高級模擬]

(A) conform (B) conflict (C) compel (D) compensate

( ) **6.** Please _____ your translation with the model translation on the blackboard. [英檢模擬真題 (中級)]

(A) compare (B) compose (C) compel (D) compensate

( ) **7.** The department stores are _____ to close because of lack of money. [多益模擬真題]

(A) forced (B) fortified (C) fortitude (D) formulated

49 解題說明

1. 貿易無疑是全球化的主要驅動力。
   (A) 驅動 (B) 拉 (C) 騎 (D) 帶來

2. 在 2011 年，大臣松本龍因與地方官員的火爆衝突被報導出來，他僅就職一週就被迫辭職。

   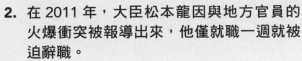 複合形容詞 adj. - N-ed 通常被用來表示個人特質或個性，如 open-minded, kind-hearted。

3. 這些動作構成了一套運動體系，使一個人能夠毫不費力地感應到體內重要的生命動力，或「氣」的能量。

4. 記者被迫要報導這起事件。
   (A) 組成 (B) 迫使 (C) 競爭 (D) 比較

5. 貴國的雇主是否會讓因公受傷的員工得到補償呢？
   (A) 遵守 (B) 衝突 (C) 迫使 (D) 補償

6. 請把你的翻譯跟黑板上的答案來校對一下。
   (A) 比較 (B) 組成 (C) 強迫 (D) 補償

7. 百貨公司因為缺乏資金，所以被迫關閉。
   (A) 迫使 (B) 加強 (C) 剛毅 (D) 規劃

Ans: ACABDAA

167

( ) **1.** Many countries have been in recession for a long time; therefore, a lot of people look forward to economic _____ in the coming year. [92 指考]

(A) loyalty (B) prosperity (C) certainty (D) sensibility

( ) **2.** "Fidelity in love for fidelity's sake had less _____ for her than for most women. [多益模擬真題]

(A) attraction (B) mercy (C) marathon (D) monitor

( ) **3.** The _____ is trying to win the allegiance of the masses. [多益模擬真題]

(A) nightmare (B) microscope (C) oval (D) candidate

( ) **4.** The general's loyalty to the king never_____. [英檢模擬真題（中級）]

(A) wavered (B) sparked (C) sprinkled (D) volunteered

( ) **5.** Loyalty, friendliness, and attention to details are some of the most prized _____ in an employee. [多益模擬真題]

(A) culprits (B) codes (C) contributions (D) attributes

( ) **6.** Taking a walk after dinner every evening is my parents' _____. [英檢模擬真題（中級）]

(A) loyalty (B) routine (C) royalty (D) moral

( ) **7.** My wedding ring is the _____ of fidelity to my wife. [英檢模擬真題（中級）]

(A) symptom (B) symbol (C) sympathetic (D) symphony

1. 許多國家處於長期衰退狀態,因此,很多人都期待明年能夠經濟繁榮。
   (look forward to V-ing 期待)
   (A) 忠誠 (B) 繁榮 (C) 確定性 (D) 敏感度

2. 相較於眾多女性,在愛情中為忠貞而忠貞對她而言沒有什麼吸引力。
   (A) 吸引力 (B) 仁慈、寬恕 (C) 馬拉松 (D) 監視器

3. 候選人正在努力贏得群眾的支持。
   (A) 惡夢 (B) 顯微鏡 (C) 橢圓形 (D) 候選人

4. 將軍對國王的忠誠從未動搖。
   (A) 搖擺 (B) 發出火花 (C) 灑水 (D) 自願

5. 員工所要具備最重要的特質是忠誠、友善且對細節的關注度。
   (A) 罪犯 (B) 代碼 (C) 貢獻 (D) 特質

6. 晚餐後散步是我父母的慣例。
   (A) 忠實 (B) 慣例 (C) 皇室 (D) 道德

7. 這結婚戒指是我對妻子忠誠的標誌。
   (A) 症狀 (B) 象徵 (C) 有同情心的 (D) 交響樂

Ans: BADADBB

下午茶
Afternoon tea

17 世紀中葉，茶葉首次在英國出現，但下午茶的儀式一直到 1840 年才被貴族引進。在下午喝茶休息的習俗，源自於貴族圈的貝德福公爵夫人安娜。

當時的英國人只吃早餐和晚餐，由於間隔時間很長，安娜便差人在下午的時候送上三明治、蛋糕和喝一杯茶，可以讓她舒暢愉快到晚餐時間。這樣的行為讓其他的貴族開始爭相仿效，慢慢地英式下午茶（English Afternoon Tea）就在貴族圈裡流行了起來。

此外，在 18 世紀的英國，英式下午茶同時也引領了名媛之間的瓷器競美（China competition）。這裡的 China 指的是瓷器茶具，因為瓷器是由中國傳到歐洲的。

當時的名媛圈流行互相邀請對方參加自己舉辦的茶會（tea party），而在這些貴族的茶會裡面，大家會互相把最漂亮的茶具通通拿出來，來一場茶具組競美（tea set competition）！這就是為什麼英國的茶具會享譽世界，因為它細膩的手工與精緻的花紋是其他地方無法取代的。

補充：

在英式下午茶的定義中，最重要的並不是食物，而是心情和氛圍唷！跟朋友享受美好時光，Enjoy a beautiful time with friends！

PART

06

易混淆的大考核心單字

51. 內部的（inner, inside）

52. 衝動的（impetuous, impulsive）

53. 謙虛的（humble, modest）

54. 勝利（victory, triumph）

55. 寓言（allegory, fable, parable）

56. 逮捕；抓住（catch, grab, grasp, seize）

57. 哭（blubber, cry, wail, sob, weep, whimper）

58. 浮現；出現（appear/loom, emerge, surface）

59. 逃跑（abscond, escape）

60. 驅逐出境（banish, exile）

51 ▸ 內部的
（inner, inside）

☞ **inner (adj.)** 指內心深處、或者某物的深處
☞ **inside (adj.)(adv.)** 常用於空間關係

1 : His **inner ears** were inflamed.
他的**內耳**發炎過。

2 : There is a key on the **inside** of the box.
盒子的**內側**有一把鑰匙。

3 : The **inner** door is prohibited entering.
裡面的門禁止進入。

4 : We need to rescue people **inside** the fallen building.
我們必須要去救那些坍塌建築**裡**的人們。

5 : Let's **go inside** to find out what happened it is.
我們**進去**看看發生什麼事吧。

6 : John doesn't belong to the **inner** circle.
約翰不是圈**內**人。

7 : This girl is reaching into my **inner** life.
這女孩進到了我的**內心**世界裡了。

8 : Don't keep the cat **inside** all day.
不要把貓咪關在**裡面**整天。

52 衝動的
（impetuous, impulsive）

☞ **impetuous (adj.)** 強調快速做決定，沒有耐心的衝動（偏向情緒上的衝動）

☞ **impulsive (adj.)** 突然想到就馬上做，不會思考後果（偏向於對事情的衝動）

1： It was **impetuous** of her to refuse the offer.
拒絕這個提議她真的是太衝動了。

2： He later regretted his **impulsive** decision.
後來他很後悔憑藉衝動來做出決定。

3： Don't be so **impulsive**.
不要這麼莽撞。

4： If you weren't so **impetuous**, you wouldn't have been fired.
如果你沒這麼衝動的話，就不會被解雇了。

5： She is too **impulsive** to be a marketing executive.
她太衝動了，不能擔任行銷主管。

6： It is **impetuous** of Jenny to do that. She doesn't even think of the consequence.
珍妮那樣做真的很魯莽。她甚至沒有考慮到後果。

7： You will regret your **impulsive** decision. Do your parents know it?
你會後悔你的衝動決定的。你的父母知道嗎？

53 謙虛的
(humble, modest)

☞ **humble (adj.)** 謙虛而不希望享有特別待遇，也可說為人樸實
☞ **modest (adj.)** 不隨意誇耀自己能力，但也不認為自己比別人差的謙虛

1 : He was so **humble** that he won't take credit for the victory.
他如此謙卑以至於他不願意為那勝利居功。

2 : He's got a drawer full of medals but he's **modest**.
他有滿滿一抽屜的獎章，但是他很謙虛。

3 : Many celebrities are surprisingly **humble**.
很多名人都出奇地謙卑。

4 : The more learned a man is, the more **modest** he usually is.
人愈有學問，往往愈謙虛。

5 : You must learn to be **modest** and ambitious.
你要學習謙虛且上進。

6 : Provided you are **modest**, you'll surely make progress.
謙虛就會進步。

> **補充** provided/ providing that + 子句，S + V… 如果…（用法與假設語氣 if 一樣）
> Eg: Providing that it is bad weather, we won't go to the national park.
> 如果天氣不好的話，我們就不去國家公園了。

54 勝利
(victory, triumph)

☞ **victory (n.)** 勝利、戰勝；主要指戰爭、比賽上的勝利
☞ **triumph (n.)** 凱旋、大勝；指偉大的功績、成就

1： The officers led their men to **victory** in battle.
軍官們率領士兵在戰鬥中取得了**勝利**。

2： Perhaps that was to be my greatest moment of **triumph**!
也許那將會**成功**之最偉大時刻！

3： We finally won a **victory** in the war.
我們終於在戰爭裡取得**勝利**。

4： When the soldiers stepped out of the plane, every one of them has a smile of **triumph**.
當士兵踏出飛機時，他們每一個人臉上都掛著**勝利**的微笑。

5： Justice will **triumph** in the end.
正義終將獲得**勝利**。

6： Without courage, **victory** is impossible for us.
沒有勇氣，我們就不可能**勝利**。

7： We need to know that the **victory** is hard-won.
我們要知道**勝利**來之不易。

55 › 寓言
（allegory, fable, parable）

☞ **allegory (n.)** 以人物或事件來象徵道德、宗教或政治有關的特質或意念
☞ **fable (n.)** 以動物來代表人類善與惡的行為
☞ **parable (n.)** 聖經中有道德教訓的短篇故事

1 : "The Mysterious Stranger", his last book, is an **allegory** that suggests that life is in reality only a dream.
他最後的一本書《神秘的陌生人》是一部諷刺小說，表明生活實際上不過是一場夢。

2 : Well-known" Aesop **fable**," with the fable is the world's first script a certain link.
著名的《伊索寓言》與世界上最早的手稿有某種聯繫。

3 : Jesus taught in **parables**.
耶穌以寓言傳教。

4 : The whole **allegory** is a strong attack on those who have power and respectability.
整個寓言故事是對擁有權力和地位的人的強力抨擊。

5 : Have you ever read Aesop **fable**?
你有讀過伊索寓言嗎？

6 : The teacher had some motive in telling this **fable**.
老師說這則寓言故事是有用意的。

56 逮捕；抓住
（catch, grab, grasp, seize）

☞ **catch (vt.)** 設法抓住
☞ **grab (vt.)** 搶奪、粗暴地從他人手中搶走
☞ **grasp (vt.)** 牢牢地抓住
☞ **seize (vt.)** 突然用力抓住不使逃脫；**seize the opportunity** 抓住機會

1： I **caught** her by the ear.
　　我揪住她的耳朵。

2： He **grabbed** her arm and pulled her out of the fire.
　　我抓住她的胳膊並把她從大火中拉了出來。

3： He **grasped** his gun and rushed out.
　　他抓住槍就衝了出去。

4： He **seized** the gun from the enemy soldier.
　　他從敵軍士兵手中奪過了槍。

5： After **grabbing** the paper, I had got a little time.
　　搶奪到這份文件之後，我爭取到一些時間。

6： The pickpocket was **caught** on the spot.
　　這個扒手當場就被抓了。

7： The police **seized** a suspect, and he had various stolen goods in his warehouse.
　　警察抓到了嫌犯，而且在倉庫裡有各式各樣的贓物。

57 哭
（blubber, cry, wail, sob, weep, whimper）

☞ **blubber (vi.)** 像小孩般嚎啕大哭；哭哭啼啼
☞ **cry (vi.)** 有哭出聲音；一般用語
☞ **wail (vi.)** 嚎啕大哭（常用於小孩）
☞ **sob (vi.)** 哽咽、斷斷續續地哭；啜泣
☞ **weep (vi.)** 極度悲傷且無聲地流淚（比 cry 還要正式的用字）
☞ **whimper (vi.)** 哀鳴

1 : He **cried** over his wife's death.
他為去世的妻子而哭泣。

2 : The day before the funeral, John **wept** all night.
在葬禮的前一晚，約翰哭了一整夜。

3 : She **sobbed** out her sad story.
她哽咽的講出她的悲慘故事。

4 : Judy was **wailing** for her lost child who was found nearby the river.
茱蒂的孩子在河邊附近被找到，她正為了失去的孩子而嚎啕大哭。

5 : Jenny was **blubbering** like a child, and telling me that she didn't eat the cake.
珍妮像個小孩一樣哭個不停，然後跟我說她真的沒有吃了蛋糕。

6 : The hostages **wept** for joy when they were released.
人質被釋放時喜極而泣。

7 : People sang and danced at weddings and **wailed** and mourned at funerals.
人們會在喜慶時唱歌跳舞，辦喪事時哭泣哀悼。

58 浮現；出現
(appear/loom, emerge, surface)

☞ **appear/ loom (up)(vi.)** 突然出現
☞ **emerge (vi.)** 強調慢慢地浮現出來；從某個地方出現；被審查後的顯露
☞ **surface (vi.)** 浮出水面、訊息浮現；**(n.)** 表面

1 : It scared me that you suddenly **appeared** in the doorway.
你**突然出現**在門口嚇到我了。

2 : There was a body that **emerged** from the river, and I called the police immediately.
有具屍體**浮出**河面，我立刻打了通電話給警方。

3 : By questioning the suspect, some useful information begin to **surface**.
審問嫌疑犯之後，一些有用的訊息開始**顯露出來**了。

4 : The wound on your leg is **surface**, and it will be healed soon.
你腿上的傷是在**表層**，很快就會好的。

5 : About thirty percent of the **surface** is covered by water.
大約百分之三十的**表面**被水覆蓋。

6 : A new species **emerged** in Canada.
在加拿大有新的物種**出現**了。

7 : A weird vision **appeared** to me, but Tom told me that it's not a big deal.
一個奇怪的影像**出現**在我面前，但湯姆說那沒什麼大不了的。

59 逃跑
(abscond, escape)

☞ **abscond (vi.)** 常指犯罪後為了逃避抓捕的逃跑；捲款潛逃
☞ **escape (vi.)** 從被關起來的地方逃跑；避開某事

1 : They **absconded** with one million dollars of the bank's money.
他們偷了銀行 100 萬元現金，目前在逃跑中。

2 : If the prosecutors paroles these two suspects, they might **abscond** abroad.
如果檢方給這兩位嫌犯保釋的話，他們可能會潛逃到國外去。

3 : There was a riot in the jail and two prisoners **escaped** from prison the day before yesterday.
昨晚監獄暴動，有兩名罪犯逃走了。

4 : A Jaguar has **escaped** from its cage.
有一隻美洲豹從獸籠中逃跑。

5 : There is not any details **escaping** her attention.
沒有任何細節能躲過她的注意。

6 : We must cut off his **escape**. Don' let him go.
我們要阻斷他的退路，不要讓他跑走了。

7 : The criminal has **absconded** from the country. We need to find out where he goes.
犯人已經潛逃出境。我們必須找到他去哪了。

60 ▶ 驅逐出境
（banish, exile）

☞ **banish (vt.)** 因觸犯法律而被驅逐；也有排除的意思
☞ **exile (vt.)(n.)** 被政府放逐（通常是因為政治原因）

1 : I need you to **banish** your thought from your mind. That's unrealistic.
你不要那樣想了。這不切實際。

2 : He was finally **banished** to the other country.
他最後被放逐到其他國家。

3 : Tim was sentenced to spend the rest of his life in **exile** in Philippines.
提姆被判刑要被放逐到菲律賓度過他剩餘的人生。

4 : She was **exiled** to a village in the countryside.
她被放逐到郊區的一個村子裏面。

5 : The doctor will **banish** your fear and anxiety, and you'll be fine.
醫師能消除你的恐懼和憂慮，你會好起來的。

6 : The businessman was **banished** and sent back to Holland.
這個商人被放逐並遣返回荷蘭了。

7 : **Exiles** desire to return to their country.
流亡者渴望回到他們的國家。

( ) **1.** Onions are depicted in many paintings _____ inside pyramids and tombs that span the history of ancient Egypt. [106 學測]

(A) covered (B) discovered (C) coveted (D) converted

( ) **2.** _____ the snow covering the peak, there will not be enough moisture and water to nourish the plants and animals below. [103 學測]

(A) Among (B) Besides (C) Inside (D) Without

( ) **3.** The outer planets are cooler than the inner ones _____ they are further from the sun. [多益模擬真題]

(A) whereas (B) although (C) since (D) until

( ) **4.** I _____ felt the inner restraint. [英檢模擬真題 (中級)]

(A) no longer (B) no doubt (C) no good (D) no matter

( ) **5.** Inside the heavy wooden box _____ some love letters to my wife. [英檢模擬真題 (初級)]

(A) is (B) are (C) has (D) have

( ) **6.** My inner ears were _____. The doctor said that I got tympanitis. [英檢模擬真題 (中級)]

(A) inflammable (B) inflated (C) inflamed (D) noncombustible

( ) **7.** I got inside news. Do you know that the two companies will be _____? [英檢模擬真題 (中級)]

(A) emerged (B) emended (C) merged (D) emergency

1. 在橫跨古埃及歷史的金字塔和陵墓裡，許多被發現的畫作裡都描繪了洋蔥。

(A) 覆蓋 (B) 發現 (C) 渴望 (D) 轉換

2. 少了山頂的積雪，就無法有足夠的濕氣和水分滋養山底下的動植物。

(A) 在…之間 (B) 除了…之外 (C) 在…裡 (D) 沒有…

3. 外行星比內行星還要來的冷，因為距離太陽較遠。

(A) 反之 (B) 雖然 (C) 由於、因為 (D) 直到

4. 我再也感受不到內心壓抑了。

(A) 不再 (B) 無疑地 (C) 廢物 (D) 不論

5. 在木盒裡面的是給我老婆的情書。

> 補充 為 Some love letters to my wife are inside the heavy wooden box. 的倒裝句
> 倒裝句口訣：地方副詞放句首，子句倒裝。故倒裝後，句型變為
> Inside the heavy wooden box are some love letters to my wife.

> 補充 倒裝句在英檢初級類的範例之一
> (   ) 1. In the center of the lake _____ an island without people.
> (A) is (B) am (C) are (D) be
> 在湖的中央有一個無人島。
> 解釋：遇到這類型的倒裝題目時，be 動詞或動詞變化以空格後面的主詞單複數為主。An island 一座島嶼為單數，所以 be 動詞要用 is，答案選擇 (A)。

6. 我的耳朵發炎了，醫生說是中耳炎。

(A) 易燃的 (B) 膨脹的 (C) 發炎的 (D) 不可燃的

7. 我收到內部消息。你知道這兩間公司要被合併起來了嗎？

(A) 浮現 (B) 校訂 (C) 合併 (D) 緊急

Ans: BDCABCC

( ) **1.** From the _____ of natural selection, all the seemingly dysfunctional traits of youngsters: "impulsiveness, selfishness, and reckless bumbling" might have an upside. [101 學測模擬試題]

(A) perspective (B) respective (C) receptive (B) prospective

( ) **2.** The new mayor does not want to touch on those _____ issues; any plan can provoke severe criticism. [106 指考模擬試題]

(A) herbal (B) thorny (C) fatigued (D) impulsive

( ) **3.** Tom was never _____,and he was nothing if not circumspect. [多益模擬真題]

(A) thoughtful (B) impetuous (C) spontaneous (D) compulsory

( ) **4.** If you are impetuous, it isn't a custom that you can _____ improve.[英檢模擬真題 (中級)]

(A) calmly (B) easily (C) steadily (D) formally

( ) **5.** Your persistence will lead you to _____, but you need to improve your impulsive habit first. [英檢模擬真題 (中級)]

(A) success (B) successive (C) succession (D) succinct

( ) **6.** My girlfriend's reply to my proposal is so _____ that I am not sure if she accepts it. [英檢模擬真題 (中級)]

(A) ambiguous (B) pulse (C) ambivalent (D) impulsive

( ) **7.** Teenagers react more impulsively to _____ situations than do children or adults. [英檢模擬真題 (中高級)]

(A) threatening (B) emotional (C) questionable (D) menstrual

1. 從天擇的角度來說,看來似乎不正常的青少年行為特徵「衝動、自私和胡搞瞎搞」也許都有它的好處。
   (A) 觀點 (B) 各自的 (C) 可接受的
   (D) 有希望的

2. 新市長不想碰那些棘手的議題,因為任何計畫都可能引發嚴厲批評。
   (A) 草本的 (B) 棘手的 (C) 疲倦的 (D) 衝動的

3. 湯姆從不魯莽,而且他極其謹慎。
   (A) 有想法的 (B) 魯莽的 (C) 自主的 (D) 義務的

4. 如果你衝動的話,這並不是一個容易改善的習慣。
   (A) 平靜地 (B) 容易地 (C) 穩定地 (D) 正式地

5. 你的堅持會帶給你成功,但你必須要先改掉衝動的習慣。
   (A) 成功 (B) 連續的 (C) 繼承 (D) 簡潔的

6. 我女友對我求婚的回應太含糊了,以至於我不確定她是否接受。
   (A) 含糊的 (B) 脈搏 (C) 有矛盾情緒的 (D) 衝動的

7. 青少年對威脅性環境的反應比兒童或成年人更為衝動。
   (A) 威脅的 (B) 情緒上的 (C) 可疑的 (D) 月經的、每月的

Ans: ABBBAAA

( ) **1.** The new manager is a real gentleman. He is kind and humble, totally different from the former manager, who was _____ and bossy. [108 學測]

(A) eager (B) liberal (C) mean (D) inferior

( ) **2.** The future of the humble snack is uncertain, but chefs in Chinese restaurants are still trying to _____ this nostalgic bite of culinary heritage. [106 指考]

(A) preserve (B) conduct (C) reverse (D) predict

( ) **3.** As a senior high school student, you need to be more _____ and try to find out what you really want to do. [英檢模擬真題 (中級)]

(A) humble (B) generous (C) gentle (D) independent

( ) **4.** Betty was _____ to accept her friend's suggestion because she thought she could come up with a better idea herself. [102 學測]

(A) tolerable (B) sensitive (C) reluctant (D) modest

( ) **5.** When I feel hungry at night, I usually eat _____ noodle. [英檢模擬真題 (中級)]

(A) instant (B) partial (C) modest (D) mobile

( ) **6.** You don't have to appear too _____; otherwise, people will assume that you have no confidence in yourself. [英檢模擬真題 (中級)]

(A) humble (B) selfish (C) boring (D) satisfied

( ) **7.** Besides intelligence, a _____ man is usually modest and kind. [英檢模擬真題 (中級)]

(A) wise (B) wild (C) wireless (D) wizard

1. 這位新經理是個真正的紳士。他為人仁慈謙遜，跟刻薄、專橫的前任經理完全不同。

   (A) 熱切的 (B) 開明的 (C) 刻薄的
   (D) 次等的

2. 平凡小吃的前景難料，但中式餐廳主廚仍試著保留這道廚藝遺產的懷舊味道。

   (A) 保留 (B) 引導 (C) 顛倒 (D) 預言

3. 身為一個高中生，你要更獨立些，並且嘗試找到你真正想做的事情。

   (A) 謙虛的 (B) 慷慨的 (C) 溫柔的 (D) 獨立的

4. Betty 不願意接受她朋友的建議，因為她認為她自己就能想出更好的點子。

   (A) 可容忍的 (B) 敏感的 (C) 不情願的 (D) 謙虛的

   > **補充** come up with 想出

5. 當我晚上餓的時候，我通常會吃泡麵。

   (A) 立即的 (B) 部份的 (C) 謙虛的 (D) 移動的

6. 你不要表現得太過謙卑，否則人們會認為你沒有自信。

   (A) 謙遜的 (B) 自私的 (C) 無聊的 (D) 滿意的

7. 除了聰明才智外，一位明智的男人也應具備著謙虛和善良。

   (A) 明智的 (B) 野生的 (C) 無線的 (D) 巫術的

Ans: CADCAAA

( ) **1.** Helen let out a sigh of _____ after hearing that her brother was not injured in the accident. [101 學測]

(A) hesitation (B) relief (C) sorrow (D) triumph

( ) **2.** The _____ of outer space is one of the greatest triumphs of modern science. [英檢模擬真題 (中級)]

(A) conquest (B) consequence (C) queue (D) scholarship

( ) **3.** In a triumphant march, movies, TV, videos, and DVDs are _____ storytellers and books. [100 指考]

(A) replacing (B) removing (C) improving (D) appreciating

( ) **4.** This child is clearly very disturbed emotionally and may require long-term _____ . [多益模擬真題]

(A) triumph (B) medal (C) trick (D) therapy

( ) **5.** First, I think we got this striving from our mother to make the world a better place. A second important thing is you never rest _____ the last victory. [103 學測]

(A) under (B) at (C) on (D) of

( ) **6.** President Barrack Obama, _____ by his wife and daughters, gave his victory speech at his election party in Chicago. [多益模擬真題]

(A) flanked (B) fluctuated (C) fluent (D) fluorescent

( ) **7.** The exam turned out to be a big _____ and hardly anybody in our class passed. [英檢模擬真題 (中級)]

(A) disaster (B) victory (C) infectious (D) territory

1. 聽到她的兄弟在意外中未受傷，Helen 寬心地鬆了一口氣。

   (A) 猶豫 (B) 寬心 (C) 悲傷 (D) 勝利

2. 征服外太空是現代科學最偉大的成就之一。

   (A) 征服 (B) 結果 (C) 排隊 (D) 獎學金

3. 電影、電視、影片與光碟正以一種勝利遊行之姿，取代了說故事者和書本。

   (A) 取代 (B) 移除 (C) 改善 (D) 欣賞、感激

4. 這孩子有情緒上的困擾，需要長期治療。

   (A) 勝利 (B) 獎牌 (C) 詭計 (D) 治療

5. 首先，我想我們是從母親身上得到這種奮鬥精神，以此來創造出一個更好的世界。第二件重要的事就是永遠別沉醉在前一次勝利。

6. 總統巴拉克・歐巴馬，側邊站著他的妻子和女兒，在芝加哥發表他的勝選演講。

   (A) 側邊的 (B) 變動的 (C) 流利的 (D) 螢光的

7. 這次的考試結果是個大災難，班上幾乎沒有任何人通過考試。

   (A) 災難 (B) 勝利 (C) 有感染性的 (D) 領土

Ans: BAADCAA

( ) **1.** Of _____ read such materials, 25 percent liked to read comics, 20 percent fables and stories, 15 percent books on natural sciences, and 12.3 percent books on technology. [93 指考]

(A) those who (B) those (C) people (D) people

( ) **2.** Aesop's fables, _____ animals act like human beings, are famous for the moral lessons they teach. [英檢模擬真題 (中級)]

(A) in that (B) which (C) that (D) in which

( ) **3.** We all have grown up with this popular version, but the _____ fable can be extended with different twists. [98 學測]

(A) same (B) opposite (C) arranged (D) portable

( ) **4.** Aesop, the Greek writer of fables, _____ sitting by the roadside one day when a traveler asked him what sort of people lived in Athens. [103 學測]

(A) were (B) be (C) was (D) being

( ) **5.** Parable is usually a _____ story which is related to Jesus and the Christian fath. [英檢模擬真題 (中高級)]

(A) notorious (B) nostalgic (C) religious (D) resinous

( ) **6.** This play is an allegory that good will always _____ over evil. [英檢模擬真題 (中級)]

(A) reveal (B) prevail (C) evaluate (D) revolt

1. 在那些會讀課外讀物的學童中，有百分之二十五喜歡看漫畫，百分之二十喜歡看寓言故事和其他故事書。

2. 伊索寓言以道德故事聞名，裡面的動物舉止就像人類一樣。

3. 我們都聽著這個受歡迎的版本長大，但是相同的寓言故事可以用不同的轉折撰寫。

   (A) 相同的 (B) 相反的 (C) 被安排的 (D) 可攜帶的

4. 伊索是希臘的寓言作家，某天正坐在路邊時，有位旅人問他雅典城裡住的是哪一種人。

5. 聖經通常是宗教性的故事，與耶穌基督有關。

   (A) 惡劣的 (B) 鄉愁的 (C) 宗教的 (D) 樹脂的

6. 這是一個邪不勝正的寓言劇本。

   (A) 顯示、透漏 (B) 戰勝 (C) 評估 (D) 叛亂

Ans: ADACCB

191

( ) **1.** Cartier-Bresson then wandered around the world with his camera, using a handheld camera to catch images from _____ moments of everyday life. [104 學測]

(A) fleet (B) fleeting (C) fleeted (D) fleets

( ) **2.** I think I managed to _____ the main points of the lecture. [多益模擬真題]

(A) gash (B) gasp (C) gust (D) grasp

( ) **3.** As finishers receive a laurel wreath and water from schoolgirls, many are overjoyed with emotion. However, the euphoria is fleeting. Within a few minutes, their joints and muscles start to _____ . [102 指考]

(A) conform to (B) conceive of (C) access to (D) seize up

( ) **4.** In order to write a report on stars, we decided to _____ the stars in the sky every night. [93 學測]

(A) design (B) seize (C) quote (D) observe

( ) **5.** The main function of the web is to _____ and hold flying prey, such as flies, bees and other insects, long enough for the spider to catch them. [100 指考]

(A) intercept (B) interrupt (C) interrelate (D) interact

( ) **6.** A drowning man will grab at even a _____. [英檢模擬真題 (初級)]

(A) rope (B) string (C) straw (D) bar

解題說明

1. 自此 Cartier-Bresson 便帶著他的相機漫遊世界各地，用手持相機捕捉生命中隨轉即逝的瞬間。

2. 我想我要設法抓住這個演講的重點。
   (A) 砍傷 (B) 喘氣 (C) 一陣強風 (D) 抓住

3. 當抵達終點的參賽者從女學生手中接過桂冠和礦泉水時，許多人情緒激昂、欣喜若狂。然而，興奮之情稍縱即逝。不出幾分鐘，參賽者的關節與肌肉會開始痠痛。
   (A) 遵守 (B) 想到 (C) 接近 (D) 失靈、故障、痠痛

4. 為了要寫有關於星星的報導，我們決定每天觀察天空的星星。
   (A) 設計 (B) 抓住 (C) 引用 (D) 觀察

> **補充** in order to V 為了… = so as to V
> = for the purpose of V-ing = with an eye to V-ing
> Eg：Tom works overtime in order (not) to earn more money.
> ⇒ Tom works overtime so as (not) to earn more money.
> ⇒ Tom works overtime for the purpose of (not) earning more money.
> ⇒ Tom works overtime with an eye to (not) earning more money.
> 湯姆超時工作是為了（不）要賺更多錢。

5. 蜘蛛網的主要功能是攔截會飛的獵物，例如蒼蠅、蜜蜂和其他昆蟲，並將它們緊黏在網上，讓蜘蛛有足夠的時間獵食。
   (A) 攔截 (B) 打擾、中斷 (C) 使互相關聯 (D) 互動

6. 溺水的人連最後一根稻草都要設法抓住。
   (A) 繩子 (B) 線 (C) 稻草 (D) 棍子

Ans: BDDDAC

( ) **1.** The little dog whimpered when I tried _____ its wounds. [多益模擬真題]

(A) to bath (B) to bathing (C) to bathe (D) to bathed

( ) **2.** A grieving mother wept _____ the dead body of her daughter who was hit by a truck in the morning. [英檢模擬真題（中級）]

(A) in (B) on (C) with (D) for

( ) **3.** The girl was wailing _____ that she sprained her ankle. [多益模擬真題]

(A) loudly (B) cloudily (C) lousily (D) lordly

( ) **4.** I heard you _____ in the quilt. What happened with you? [多益模擬真題]

(A) sob (B) sobbing (C) sobbed (D) to sob

( ) **5.** The first lullaby written down by an ancient Babylonian is a rather threatening lullaby, _____ the baby is scolded for disturbing the house god with its crying and warned of terrifying consequences. [107 學測]

(A) on which (B) which (C) in which (D) to which

( ) **6.** All the people _____ the lost of their president. [多益模擬真題]

(A) mourned (B) mounted (C) mobilized (D) mobbed

( ) **7.** The kid was _____ loudly that his foot got hurt. [英檢模擬真題（中級）]

(A) welding (B) waiting (C) wailing (D) waking

1. 當我要清洗狗狗的傷口時，牠開始哀鳴。

2. 一位悲傷的母親在女兒的遺體旁邊哭泣，她的女兒早上被卡車給撞了。

3. 這女孩嚎啕大哭地說著她腳扭到了。
   (A) 大聲地 (B) 多雲地 (C) 討厭地 (D) 貴族般的、不可一世的

4. 我聽到你在棉被裡面哭泣。怎麼了呢？

5. 史上第一首由古巴比倫人撰寫的搖籃曲是很嚇人，裡面斥責小孩哭泣驚擾了鎮宅之神，且警告會有可怕後果。

6. 所有的人們都為總統的去世而哀悼。
   (A) 哀悼 (B) 爬 (C) 動員 (D) 包圍

7. 這孩子大聲哭著說他的腳受傷了。
   (A) 焊接 (B) 等待 (B) 哭訴 (D) 叫醒

1

2

3

4

5

6

7

8

9

10

Ans: CDABCAC

( ) **1.** In the years just prior to 1900, quite a few paperclip designs _____ . [104 學測]

(A) emerged (B) merged (C) merited (D) mercy

( ) **2.** She appeared on various television shows, using canned foods to _____ how to cook quickly and easily. [105 指考]

(A) considerate (B) demonstrate (C) calculate (D) vibrate

( ) **3.** They _____ this possibility by studying images of thousands of cattle captured on Google Earth, a website that stitches together satellite photographs to produce an image of the Earth's surface. [98 學測]

(A) originated (B) arranged (C) investigated (D) differentiate

( ) **4.** The emergence of the fatal _____, SARS, in late 2002 greatly endangered the global public health. [英檢模擬真題 (中級)]

(A) decay (B) disaster (C) disease (D) destruction

( ) **5.** You have got to _____ the statement that this incident has nothing to do with our company. [多益模擬真題]

(A) issue (B) tissue (C) sue (D) pursue

( ) **6.** The high risk of getting lung cancer still cannot _____ people from smoking. [英檢模擬真題 (中級)]

(A) discover (B) emit (C) discourage (D) emerge

解題說明

1. 接近 1900 年，一些迴紋針的設計出現了。
   (A) 浮現、出現 (B) 合併 (C) 值得 (D) 仁慈

2. 她出現在各個電視節目中，用罐頭食品來
   示範如何做出快速又簡單的料理。
   (A) 體貼的 (B) 示威、示範 (C) 計算
   (D) 使振動

3. 他們用 Google Earth——一個透過來回移動的衛星照片以產生地球表
   面影像的網站——捕捉到數千隻牛群的影像來調查此種可能性。
   (A) 起源於 (B) 安排 (C) 調查 (D) 區別、鑑別

4. 2002 年底出現的致命疾病，SARS，嚴重地威脅著全球民眾的健康。
   (A) 衰變、腐爛 (B) 災害 (C) 疾病 (D) 毀滅

5. 你必須要發布聲明說這起事件與公司毫無關係。
   (A) 發布 (B) 衛生紙 (C) 控訴 (D) 追趕

6. 罹患肺癌的高風險仍然無法阻礙人們吸菸。
   (A) 找到 (B) 發射 (C) 阻礙 (D) 浮現

Ans: ABCCAC

( ) **1.** The coral reefs are stony structures full of dark hideaways where fish and sea animals can lay their eggs and _____ from predators. [108 學測]

    (A) escape (B) resist (C) identify (D) disappear

( ) **2.** An American agent escaped from the sewers, _____ to bring some useful information back to the MIB. [英檢模擬真題 (中級)]

    (A) try (B) tried (C) trying (D) to try

( ) **3.** Don't abscond to avoid punishment. You will be _____ to justice. [英檢模擬真題 (中級)]

    (A) objected (B) injected (D) hijacked (D) subjected

( ) **4.** In the 1920s, Hemingway was sent to Europe as a newspaper correspondent to _____ such events as the Greek Revolution. [104 指考]

    (A) cover (B) approve (C) predict (D) escape

( ) **5.** They just sold the ship and the goods and absconded, and the authority _____ issued a wanted circular to catch them immediately. [英檢模擬真題 (中級)]

    (A) concern (B) concerning (C) concerned (D) concerns

( ) **6.** When we have a tight deadline, we don't have time to _____, we just have to get on with it. [多益模擬真題]

    (A) abscond (B) procrastinate (C) absurd (D) probate

( ) **7.** The enemy was _____ and could not escape. [英檢模擬真題 (中級)]

    (A) caged (B) collapsed (C) counted (D) counseled

1. 珊瑚礁岩石般堅硬的構造充滿著魚與其他海洋生物可以產卵、逃脫掠食者的暗角躲藏處。

   (A) 逃離 (B) 抗拒 (C) 辨別 (D) 消失

2. 一名美國特務從下水道逃離，並嘗試著要帶一些有用的訊息回到國防部軍情情報局。

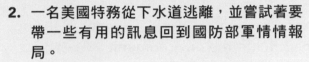

3. 不要畏罪潛逃，你會受到法律制裁的。（be subjected to 受到…）

   (A) 反對 (B) 注射 (C) 劫機 (D) 經歷…的

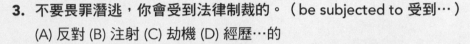

4. 1920 年代，身為特報記者的海明威被派往歐洲，採訪希臘革命等事件。

   (A) 採訪 (B) 贊同 (C) 預言 (D) 逃離

5. 他們把船和貨物都賣掉後就逃跑了，政府當局立即發佈通緝令要抓他們。

> 補充 the authority concerned 政府當局；
> the department concerned 相關單位

6. 當我們有時間限制時，我們沒有時間拖延，只能繼續下去。

   (A) 逃跑 (B) 拖延 (C) 荒謬的 (D) 遺囑檢驗

7. 敵人被包圍了，無法脫身。

   (A) 包圍 (B) 倒塌 (C) 計算 (D) 勸告

Ans: ACDACBA

( ) **1.** Chanel's _____ during World War II with a Nazi officer also resulted in some years of diminished popularity and an exile of sorts to Switzerland. [英檢模擬真題 (中級)]

(A) affair (B) fair (C) convention (D) monarch

( ) **2.** Although it is more convenient to use_____ when cleaning, most of them are harmful to the environment. [多益模擬真題]

(A) detergents (B) deterioration (C) banish (D) bandit

( ) **3.** The general was _____ because he was charged with treason. [英檢模擬真題 (中級)]

(A) exiled (B) exclaimed (C) excelled (D) escorted

( ) **4.** There are four security guards taking turn _____ twenty-four hours in the bank. [多益模擬真題]

(A) on patrol (B) in exile (C) at any cost (D) on approval

( ) **5.** More than 5,000 fans _____ for tickets of the annual concert. [多益模擬真題]

(A) scrambled (B) banished (C) penetrated (D) stabbed

( ) **6.** The fireworks show was the _____ of the festival. [英檢模擬真題 (中級)]

(A) exile (B) highlight (C) perilous (D) excretory

( ) **7.** The restaurant just installed a fan to _____ cooking smells from the kitchen. [多益模擬真題]

(A) expedite (B) exile (C) exclude (D) exclaim

1. 香奈兒在第二次世界大戰期間與納粹軍官有曖昧關係後，導致有幾年的人氣下滑並被流放到瑞士。
   (A) 緋聞 (B) 公平的、市集 (C) 大會
   (D) 君主

2. 雖然在清洗東西時用清潔劑很方便，但大部分的用品都對環境有害。
   (A) 清潔劑 (B) 惡化 (C) 禁止 (D) 強盜

3. 這個將軍背叛叛國罪後就被流放了。
   (A) 流放 (B) 宣布 (C) 超越 (D) 護衛

4. 有四名守衛在銀行 24 小時輪班巡視。
   (A) 巡視、巡邏 (B) 流放 (C) 不計代價 (D) 可供試用的

5. 有超過五千名粉絲搶年度音樂會的門票。
   (A) 搶奪 (B) 流放 (C) 滲透 (D) 戳、刺

6. 煙火是這個節慶的精采部分。
   (A) 放逐 (B) 精采部分 (C) 危險的 (D) 排泄的

7. 餐廳安裝風扇要排除廚房的油煙味。
   (A) 促進 (B) 放逐 (C) 排除 (D) 呼喊

Ans: AAAAABC

狗仔隊
Paparazzi

　　Paparazzi 這個單字，其實是 50 年代裡，一位專門從事偷拍名人、販賣照片的義大利人的姓氏。之後在 1960 年，義大利名導演 Federico Fellini 所拍的電影「甜蜜生活」（La Dolce Vita）裡，把男主角命名為 Signor Paparazzi，而且這位男主角是一位八卦新聞攝影記者，專門偷拍上流社會名人與藝人。

　　由於電影票房極佳，因此 Paparazzi 這個名詞，就慢慢變成用來指稱我們今天所說的狗仔隊了。

PART 07

易混淆的大考核心單字

61. 笑（beam, cackle, chuckle, giggle, grin）

62. 征服（conquer, overcome）

63. 土、泥土（soil, mud, dust）

64. 習慣（habit, custom）

65. 迫害（persecute, oppress）

66. 編織（knit, weave）

67. 天氣（climate, weather）

68. 環境（surroundings, environment）

69. 藥（drug, medicine）

70. 症狀（syndrome, symptom）

61 笑
(beam, cackle, chuckle, giggle, grin)

☞ **beam (vi.)** 高興地微笑；**(n.)** 光線、光束
☞ **cackle (vi.)** 大聲地笑
☞ **chuckle (vi.)** 竊笑
☞ **giggle (vi.)** 傻笑
☞ **grin (vi.)** 露齒微笑

1 : "It is my pleasure to meet you," the man **beamed**.
「很榮幸能認識你。」他**微笑**著說。

2 : I frowned at several women's **cackles** because their voice are too loud.
我對著那幾個女人的**笑聲**皺起眉頭,因為她們太大聲了。

3 : Tom still didn't know why the girl was **chuckling** before he left the coffee shop.
湯姆仍然不知道為什麼在他離開咖啡廳前這女孩一直對他**竊笑**。

4 : I think the baby is hungry because he is **giggling**.
我想這孩子應該餓了,因為他在**咯咯地笑**。

5 : We assumed that everything had gone well because our boss had a **big grin** on his face.
我們認為所有的事情應該都很順利,因為我們老闆臉上掛著**大大的微笑**。

6 : The criminal took out his knife with a nasty **grin** on his face.
這個罪犯帶著險惡的**微笑**拿出了刀子。

7 : That ridiculous story made her **giggle**.
那個荒謬的故事讓他**傻笑**。

62 征服
(conquer, overcome)

☞ **conquer (vt.)** 以武力征服某地或某國家；抑制習慣或情緒
☞ **overcome (vt.)** 克服壞習慣、誘惑、困難或情緒等

1 : I want to **overcome** my fear of heights.
我想要克服我的懼高症。

2 : Many **conquered** nations had to pay tribute to the rulers of Tang Dynasty.
許多被征服的國家要向唐朝進貢。

3 : Jimmy persevered in **overcoming** his shyness, but the students told him that it was the funniest joke they heard that day.
吉米堅持要克服他的害羞，但學生說那是他們那天聽到最好笑的笑話了。

4 : The scientists are seeking ways to **conquer** special diseases.
科學家正在尋求方法來克服特殊疾病。

5 : We will do our best to **overcome** difficulties.
我們會盡我們最大的努力來克服困難。（do one's best 盡力）

6 : Cholera has finally been **conquered**.
霍亂終於被抑制了。

7 : Life is sorrow, and you should learn how to **overcome** it.
生活是一種傷痛，你要學著如何去克服它。

63 土、泥土
（soil, mud, dust）

☞ **soil (n.)** 指用來栽種植物用的土壤
☞ **mud (n.)** 雨後的汙泥
☞ **dust (n.)** 土壤乾燥後會飛揚在空中的細微泥土；塵土

1 : You can see the foot prints in the **mud**.
　　你可以看到在泥土中留下的腳印。

2 : My car was covered with **dust**.
　　我的車子都是塵土。

3 : The humidity of **soil** helps plants to grow.
　　土壤潮濕能幫助植物生長。

4 : The **soil** is very rich, so I think the crops are expected to harvest this year.
　　土壤非常肥沃，所以我認為今年應該會大豐收。

5 : This kind of cloth gathers **dust** easily.
　　這種布料很容易卡灰塵。

6 : Do you see that there is a car stuck in the **mud**?
　　你有看到那邊有一台車陷在泥土裡嗎？

7 : The water will penetrate into the **soil**.
　　水會滲入泥土裡。

8 : The dog is covered with **dust**.
　　狗狗的身上都是灰塵。

64 習慣
(habit, custom)

☞ **habit (n.)** 指長時間養成的習慣
☞ **custom (n.)** 指一個民族或社會在發展過程傳承下來的禮節

1 : Nail-biting is one of her bad **habits**.
咬指甲是她的一個壞習慣。

2 : The Japanese **customs** are different from the Chinese ones.
日本的風俗習慣與中國不同。

3 : The man has no **habit** of smoking.
這男人沒有抽菸的習慣。

4 : Celebrating Christmas is a **custom**.
慶祝耶誕節是一種風俗。

5 : This child makes a bad **habit** of lying to his mother. You need to help him.
這孩子養成了說謊的壞習慣。你要幫幫他。

6 : I planned to break my bad **habit** from then on.
從那時候開始我就打算要戒掉我的壞習慣了。

7 : Jenny is not used to these old **customs**.
珍妮不能習慣這些舊習俗。

8 : Many girls are in the **habit** of eating between-meal nibbles.
很多女生都有吃零食的習慣。

65 ▸ 迫害
(persecute, oppress)

☞ **persecute (vt.)** 因種族、宗教或理念而使他人遭受迫害
☞ **oppress (vt.)** 用不公正的方式來壓迫一群人

1： The tyrant who **oppressed** the people was finally overthrown.
壓迫人民的暴君終於被推翻了。

2： They **persecute** those who don't conform to their religion.
他們迫害些不信奉他們宗教的人。

3： The peasants were **oppressed** by the landlords.
農民被地主迫害。

4： After Hitler held the power, they started bullying and persecuting the Jews.
在希特勒掌握權力後，他就開始霸凌並迫害猶太人。

5： The king **oppressed** his people with raising taxes.
國王利用提高稅收來迫害人民。

6： Copernicus was terribly **persecuted** for his scientific theory.
哥白尼因為科學理論而遭到迫害。

7： I was **oppressed** by many things.
我被許多事情弄得心情很煩燥。

66 編織
（knit, weave）

☞ **knit (vt.)** 強調手織成衣物（小範圍的編織品）；通常指編織毛衣
☞ **weave (vt.)** 用手工或機器織成布、地毯等（大範圍的編織品）

1 : The women in this country are good at **weaving** carpets.
這個國家的婦女擅長織地毯。

2 : I'm **knitting** my mother a sweater.
我在幫母親織毛衣。

3 : Tina is **knitting** her boyfriend a pair of gloves.
蒂娜正在給她男朋友編織一雙手套。

4 : Maybe you can **weave** these routine incidents into your story.
也許你可以把這些日常事件編進你的故事裡。

5 : A spider is **weaving** a web in a tree.
一隻蜘蛛在樹上結網。

6 : Kiki often **knitted** when she was watching TV.
奇奇很常在看電視的時候編織東西。

7 : Sally is **knitting** her husband a pair of socks.
莎莉正在幫她的丈夫織襪子。

8 : People sit at their looms and **weave cloth** in the factory every day.
人們每天坐在工廠裡的織布機旁織布。

67 天氣
(climate, weather)

☞ **climate (n.)** 指某一個地區或期間的平均天氣狀況（長時間）；氣候
☞ **weather (n.)** 指當地的天氣狀況（短時間）

1： He couldn't stand the terrible English **climate**.
他忍受不了糟糕的英國**天氣**。

2： **Climate change** is a global crisis that the government can't ignore it.
氣候變遷是一個全球性危機，政府絕不能忽視它。

3： How is the **weather** today?
今天的**天氣**如何？

4： The hot weather made me feel uncomfortable.
炎熱的**天氣**讓我感覺很不舒服。

5： When I retire, I want to move to a warmer **climate**.
當我退休時，我想搬到**氣候**較溫暖的地方。

6： The **climate** in this region is by no means tropical.
在這個區域的**氣候**決不會是熱帶的。

7： The **weather** is getting steady.
天氣逐漸穩定下來了。

68 環境
(surroundings, environment)

☞ **surroundings** (n.) 指某一特定人或事物的周圍環境
☞ **environment** (n.) 自然環境、社會環境 (如:居住環境、生活環境等)

1 : The people in this country live in very comfortable **surroundings**.
這個國家的人民生活環境很舒適。

2 : It is highly important to preserve the **environment**.
維護自然環境很重要。

3 : The chameleon's can change its color in different **surroundings**.
變色龍可以在不同環境下變換顏色。

4 : The parents will do their best to create a happy home **environment**.
父母親會盡可能地創造一個幸福的家庭環境。

5 : Protecting the **environment** is everyone's responsibility.
保護環境人人有責。

6 : The soldiers often need to pay attention to their **surroundings**.
士兵時常要注意它們周圍情況。

7 : Perhaps the most serious problem facing the **environment** is a global warming.
也許在我們所面臨環境的種種問題中,最嚴重的是全球暖化問題。

69 藥
(drug, medicine)

☞ **drug** (n.) 通常是指麻醉劑、迷幻劑等藥品，不當使用可能會上癮；
毒藥

☞ **medicine** (n.) 泛指所有的藥物；大多指專門用來治療或預防疾病的藥

1 : Study shows that **drug abuse** will hurt people's health.
研究指出藥物濫用會傷害人們的健康。

2 : I have to take **medicine** three times a day.
我一天要吃三次藥。

3 : Helen is a **drug addict**, and she needs to be sent to the hospital to receive drug addiction treatment right away.
海倫是藥物成癮者，她要馬上被送到醫院接受藥物成癮治療。

4 : Kathy was cured with a new **medicine**.
凱西被新藥治好了。

5 : The **herbal medicine** is for external use.
這個草藥是要外用的。

6 : Why don't you take the **medicine**?
為什麼你不肯吃藥呢？

7 : Quinine was a great discovery in **medicine**.
奎寧是醫學上的重大發現。

70 ▶ 症狀
(syndrome, symptom)

☞ **syndrome (n.)** 綜合症狀
☞ **symptom (n.)** 單一症狀

1 : If the **symptom** gets worse, go to see a doctor immediately..
如果症狀變嚴重的話，馬上去看醫生。

2 : The first **symptom** of the flu is a very high temperature.
流感的第一個症狀是發高燒。

3 : Lots of women suffer from **premenstrual syndrome**.
很多女性皆有經前症候群。

4 : Allergy is a **syndrome** that has long been neglected.
過敏是一個長期以來遭受忽略的症狀。

5 : The term **Stockholm syndrome** was coined in 1973.
斯德哥爾摩症候群這個詞是在 1973 年創造的。

6 : **Symptoms** of pneumonia developed.
肺炎的症狀出現了。

7 : **Symptoms** perhaps disappear after completion of chemotherapy.
症狀可能會在化療後消失

8 : Other conditions may be able to trigger similar **syndrome**.
其他情況也有可能會引發相同的併發症狀。

( ) **1.** How have pro-_____ activists reacted after seeing the happy, grinning photos of these unborn babies? [95 指考]

(A) deliberation (B) abortion (C) maturity (D) apostasy

( ) **2.** I could hear my father_____to himself when he saw me falling from my bed. [英檢模擬真題 (中級)]

(A) chuckling (B) mimicking (C) paralyzing (D) crashing

( ) **3.** The manager let us cut the cackle, telling us that we should _____ on the job. [多益模擬真題]

(A) focus (B) deal (C) despise (D) accuse

( ) **4.** Sally said with a chuckle that Tim brushed his teeth _____ Facial cleanser this morning. [多益模擬真題]

(A) on (B) in (C) with (D) by

( ) **5.** We could just _____ the trail in the weak beam of the flashlight. [英檢模擬真題 (中級)]

(A) pick out (B) isolate from (C) insist in (D) prop up

( ) **6.** The children could not help but _____ when the teletubbies stepped on the stage. [英檢模擬真題 (中級)]

(A) giggle (B) giggling (C) to giggle (D) giggled

( ) **7.** I didn't want to hear a _____ account of your daily life. [英檢模擬真題 (中級)]

(A) chronic (B) chronological (C) chuckle (D) childlike

1. 那些主張墮胎的人士看到這些尚未出世的小寶寶表情快樂、裂嘴而笑的照片時，他們的反應又是如何呢？

   (A) 商議 (B) 墮胎 (C) 成熟 (D) 變節、脫黨

2. 當父親看到我從床上摔落時，我可以聽到他的竊笑聲。

   (A) 竊笑 (B) 模仿 (C) 癱瘓 (D) 猛擊

3. 經理要我們不要閒聊，專注在工作上面。

   (A) 專注（focus on） (B) 處理（deal with） (C) 輕視（despise of）
   (D) 指控（accuse of）

4. 莎莉邊笑邊說提姆今天早上用洗面乳刷牙。

5. 我們可以藉由手電筒微弱的光線勉強看清路況。

   (A) 辨認出 (B) 使孤立 (C) 堅持 (D) 支援

6. 當天線寶寶走上台時，孩子們忍不住咯咯地笑了起來。

7. 我並不想聽你日常生活的時間順序描述。

   (A) 慢性的 (B) 按時間順序的 (C) 輕笑 (D) 天真的

Ans: BAACACB

（　）**1.** She has the determination to overcome all the obstacles to
_____. [英檢模擬真題 (中級)]

(A) particles (B) success (C) article (D) oracle

（　）**2.** Despite her physical disability, the young blind pianist
managed to overcome all _____ to win the first prize in the
international contest. [100 指考]

(A) privacy (B) ambition (C) fortunes (D) obstacles

（　）**3.** We want to believe in _____ creatures in imaginary lands.
We want to believe in magic powers, good friends, and the
power of good to overcome evil. [91 學測]

(A) frantic (B) authentic (C) fantastic (D) automatic

（　）**4.** I tried to _____ my fear of giving a speech in public by
practicing it again and again. [多益模擬真題]

(A) overcome (B) overthrow (C) oversleep (D) overreact

（　）**5.** For years of training, I have finally _____ the fear of bungee
jumping. [英檢模擬真題 (中級)]

(A) connected (B) conquered (C) concealed (D) conceded

（　）**6.** Only through your strong will _____ every frustration and
reach your goals. [英檢模擬真題 (中高級)]

(A) you can overcome (B) overcome you (C) can you
overcome (D) you overcome

1. 她有決心克服通往成功路上的一切障礙。
   (A) 粒子 (B) 成功 (C) 文章 (D) 神諭

2. 儘管她有身體上的缺陷，這位年輕的盲人
   鋼琴家設法要克服所有的阻礙以贏得國際
   大賽的冠軍。
   (A) 隱私 (B) 抱負，雄心 (C) 財富 (D) 阻礙

3. 我們想要相信在幻想的世界中有奇異生物存在。我們想要相信魔法，好
   友是存在的，而且正義終將戰勝邪惡。
   (A) 瘋狂的 (B) 可靠的 (C) 幻想的 (D) 自動的

4. 藉由不斷的練習，我想要克服在大眾面前演講的恐懼。
   (A) 克服 (B) 推翻 (C) 睡過頭 (D) 過度反應

5. 經過多年的訓練，我終於克服高空彈跳的恐懼了。
   (A) 連接 (B) 克服 (C) 隱藏 (D) 退讓

6. 唯有透過堅強的意志才能讓你克服所有的困難並達到你所要的目標。

補充　only 倒裝句口訣：副詞放句首，子句倒裝

Eg1: Bats leave their cave **only at night**.
⇒ **Only at night** do bats leave their cave.
只有在晚上的時候蝙蝠才會離開洞穴。

Eg2: You will success **only when you study hard**.
⇒ **Only when you study hard** will you success.
只有在你努力讀書時才能獲成功。

原題：You can overcome every frustration and reach your goals **only through your strong will**.

倒裝：**Only through your strong will** can you overcome every frustration and reach your goals.

Ans: BDCABC

( ) **1.** In the beginning, people thought he was crazy to waste his time and money on the land. But he simply _____ them and kept working on the soil and planting trees there. [105 學測]

(A) ignored (B) compared (C) imitated (D) initiated

( ) **2.** Whenever I set foot on the soil of Rwanda, a country in east-central Africa, I feel as if I have entered _____: green hills, red earth, sparkling rivers and mountain lakes. [96 學測]

(A) parachute (B) paradise (C) parallel (D) paranoid

( ) **3.** A relief team rescued 500 villagers from mudslides by the typhoon, but there were still five people who _____ into thin air and were never seen again. [英檢模擬真題 (中級)]

(A) transformed (B) survived (C) explored (D) vanished

( ) **4.** _____ victims in the dust explosion was about 500. [多益模擬真題]

(A) The number of (B) Numbers of (C) A large number of (D) Big numbers of

( ) **5.** John doesn't care if you call him a stick-in-the _____ because he knows what he is doing. [英檢模擬真題 (中級)]

(A) motion (B) mud (C) molecule (D) mollusk

( ) **6.** After the trip of the _____, all the people were covered with a layer of dust. We need to take a hot bath. [英檢模擬真題 (中級)]

(A) assert (B) insert (C) desert (D) asset

( ) **7.** It must be raining outside because there are _____ of mud on your boots. [英檢模擬真題 (中級)]

(A) patches (B) petals (C) traces (D) track

1. 起初，人們認為他一定是瘋了，才會浪費時間和金錢在這塊土地上。但他不理會他們，繼續整土和種植樹木。

   (A) 忽視 (B) 比較 (C) 模仿 (D) 開始

2. 每次我踏上盧安達的土地，這個非洲中東部的國家，我就覺得彷彿走入天堂：翠綠的山丘、紅色的土壤、閃耀的河流及山中的湖泊。

   (A) 降落傘 (B) 天堂 (C) 平行 (D) 偏執狂

3. 一支搜救隊在颱風來之前從土石流中救了 500 名村民，但仍然有五位村民消失得無影無蹤，找不到人。

   (A) 轉變 (B) 存活 (C) 探索 (D) 消失

4. 塵暴的受害者約為五百名。

   > **補充**
   > ① A number of ⇒ 一些 (some)
   >   Eg: A number of students are absent today.
   >   有一些學生今天缺席。
   > ② The number of ⇒ 強調總數
   >   Eg: The number of hybrid cars is increasing.
   >   油電車的數量正在增加中。

5. 約翰不介意你叫他老古板，因為他知道他在做什麼。

   (A) 動作 (B) 老古板（stick-in-the mud） (C) 分子 (D) 軟體動物

6. 在一趟沙漠之旅後，所有的人身上都是沙子。我們需要洗個熱水澡。

   (A) 宣稱 (B) 插入物 (C) 沙漠 (D) 資產

7. 外面一定有下雨，因為你的長靴上都是泥土的痕跡。

   (A) 補丁 (B) 花瓣 (C) 痕跡 (D) 足跡

Ans: ABDABCC

( ) **1.** Children normally have a distrust of new foods. But it's the parents' job to serve a variety of foods and _____ their children to healthy dieting habits. [98 學測]

(A) expose (B) exist (C) exaggerate (D) excavate

( ) **2.** By exposing young children to **erratic** dieting habits, parents may be putting them at risk for eating disorders.（找出同義字）[98 學測]

(A) Obvious (B) Healthful (C) Dishonest (D) Irregular

( ) **3.** The bank tries its best to attract more customers. Its staff members are always available to provide _____ service. [102 學測]

(A) singular (B) prompt (C) expensive (D) probable

( ) **4.** When dining at a restaurant, we need to be _____ of other customers and keep our conversations at an appropriate noise level. [103 指考]

(A) peculiar (B) defensive (C) noticeable (D) considerate

( ) **5.** When we are in a foreign country, we should try to follow _____ custom. [英檢模擬真題 (中級)]

(A) local (B) loathe (C) logical (D) longish

( ) **6.** Tina made _____ to listen to classic music before she went to bed. [英檢模擬真題 (中級)]

(A) it was a custom (B) it as a custom (C) it a custom (D) a custom

1. 正常來看，小孩不信任沒吃過的食物。但是父母的工作就是提供孩子各式各樣的食物，並讓孩子接觸良好的飲食習慣。

   (A) 暴露 (B) 存在 (C) 誇大 (D) 挖掘

2. 讓小孩接觸不規律的飲食習慣，父母可能會讓孩子受到飲食失調的危害。

   (A) 明顯的 (B) 有益健康的 (C) 不誠實的 (D) 不規律的

3. 這家銀行盡全力吸引更多顧客。它的員工總能提供迅速、即時的服務。

   (A) 單數的 (B) 迅速的 (C) 昂貴的 (D) 可能發生的

4. 在餐廳用餐時，我們必須體貼其他顧客，保持適當的音量談話。

   (A) 獨特的 (B) 防禦的 (C) 顯著的 (D) 體貼的

5. 當我們到了國外時，我們要遵從當地習俗。

   (A) 當地的 (B) 厭惡 (C) 合乎邏輯的 (D) 較長的

6. 蒂娜習慣在睡前聽古典音樂。

   > 補充 當真正的受詞太長時，可以使用 it 做虛受詞，避免句子不易理解。
   > Eg: Many children take it for granted that their parents will do everything for them.
   > ⇒ it（虛受詞）是用來代替 their parents will do everything for them 這個受詞
   > 常搭配的動詞有：think 認為；believe 認為；find 覺得；make 讓；consider 認為
   > Eg: You will find it not difficult to learn English well.
   > 你會發現將英文學好並不困難。

Ans: ADBDAC

( ) **1.** Capoeira began to take form among the community of slaves for self-defense. But it soon became a strong weapon in the life-or-death _____ against their oppressors. [106 學測]

(A) struggle (B) strain (C) cramp (D) numb

( ) **2.** Nowadays students can _____ information from a variety of sources, such as computers, television, and newspaper. [102 學測模擬]

(A) access (B) express (C) oppress (D) impress

( ) **3.** What is less known is that men, women, and children had been persecuted in New England for practicing witchcraft decades before witch _____ ever took place. [105 指考模擬]

(A) trials (B) competence (C) talent (D) test

( ) **4.** These people persecute those who don't abide _____ their religion. [英檢模擬真題 (中級)]

(A) in (B) on (C) by (D) with

( ) **5.** Nokia, the marker of mobile phones, will introduce a netbook to _____ with PC makers such as Apple Inc. [多益模擬真題]

(A) compete (B oppress (C) revolutionize (D) reimburse

( ) **6.** You have to _____ new software on your computer in order to open this file. [英檢模擬真題 (中級)]

(A) install (B) melt (C) reduce (D) oppress

( ) **7.** Upon knowing that Judy had accepted his invitation to dinner, I couldn't _____ my excitement. [英檢模擬真題 (中級)]

(A) oppress (B) depress (C) compress (D) express

65 解題說明

1. 卡波耶拉開始在黑奴社區成形，目的是自衛，但很快變成在生死關頭掙扎、對抗壓迫者的強力武器。

   (A) 掙扎 (B) 拉緊 (C) 抽筋 (D) 使麻木

2. 現今的學生可以從各式各樣的資源裡獲取訊息，例如電腦、電視和報紙。

   (A) 獲取 (B) 表達 (C) 壓迫 (D) 使印象深刻

3. 較不為人知的是早在女巫審判發生的幾十年前，許多男女和孩童因為施行巫術，在新英格蘭地區遭受迫害。

   (A) 審判 (B) 資格 (C) 才能 (D) 試驗

4. 他們迫害那些不信奉他們宗教的人。

5. Nokia 將會推出一台具有革命性發展的筆電，就像是蘋果公司一樣。

   (A) 與…競爭 (B) 壓迫 (C) 革新 (D) 償還、賠償

6. 你的電腦要安裝新的軟體才能打開這個資料夾。

   (A) 安裝 (B) 融化 (C) 減少 (D) 壓抑

7. 一知道茱蒂接受了我的晚餐邀請，我壓抑不住我的興奮感。

   (A) 壓抑 (B) 沮喪 (C) 濃縮 (D) 表達

Ans: AAACCAC

( ) **1.** The most traditional group of Japanese Americans, who maintained tight-knit and mutually supportive social groups, had a heart-attack rate as low _____ their fellow Japanese back home. [102 指考]

(A) as (B) on (C) in (D) to

( ) **2.** Japanese immigrants to America usually _____ a tight-knit community. [102 指考]

(A) deformed (B) formed (C) informed (D) performed

( ) **3.** In the Victorian era (19th century), weaving companies began to _____ record and formalize the system of setts for commercial purposes. [101 學測]

(A) systematically (B) automatically (C) politically (C) practically

( ) **4.** Pineapple leaves can serve as a substitute for leather. The idea was developed when a Spanish designer travelling to the Philippines observed a traditional Filipino shirt _____ together with the fibers of pineapple leaves. [108 學測]

(A) wove (B) weaving (C) woven (D) to weave

( ) **5.** Andrew Carnegie, once the world's richest person, was _____ in 1835 to a weaver's family in Scotland. [96 指考]

(A) born (B) beer (C) bear (D) bore

( ) **6.** The best way to protect the leather of your shoes is to _____ them regularly. [英檢模擬真題 (中級)]

(A) dye (B) polish (C) weave (D) knock

( ) **7.** People often give excuses to _____ their behaviors. [英檢模擬真題 (中級)]

(A) justify (B) knit (C) knob (D) reject

1. 最傳統的一群日裔美國人，他們維持了緊密連結且互相支持的社會群體，他們患有心臟疾病的比例和在日本的日本人一樣低。

2. 日本移民到美國的人通常形成緊密的社區。

   (A) 使變形 (B) 形成 (C) 告知 (D) 表演、執行

3. 在維多利亞時代 (十九世紀)，為了商業考量，紡織公司開始有組織地記錄與形式化格紋圖案的系統。

   (A) 系統地 (B) 自動地 (C) 政治地 (D) 實際上地

4. 鳳梨葉能當作皮革的替代品。一名西班牙服裝設計師到菲律賓旅遊，看到當地的傳統襯衫由鳳梨葉的纖維編織而成，才會因此突發奇想。

5. Andrew Carnegie 是世界最富有的人之一，於 1835 年出生於一位蘇格蘭紡織工人家庭。

   (A) 出生在… (be born in) (B) 啤酒 (B) 生育、忍受 (D) 無聊

6. 保護你的皮鞋最好的方式就是經常擦亮它們。

   (A) 染色 (B) 擦亮 (C) 編織 (C) 敲

7. 人們總是會為他們的行為找藉口。

   (A) 為…辯護 (B) 編織 (C) 門把 (D) 拒絕

Ans: ABACABA

( ) **1.** We were forced to _____ our plan for the weekend picnic because of the bad weather. [100 學測]

(A) maintain (B) record (C) propose (D) cancel

( ) **2.** The weather bureau _____ that the typhoon would bring strong winds and heavy rains, and warned everyone of the possible danger. [108 學測]

(A) conveyed (B) associated (C) interpreted (D) predicted

( ) **3.** The weatherman has warned about drastic temperature change in the next few days, and suggested that we check the weather on a daily basis and dress _____. [99 指考]

(A) necessarily (B) significantly (C) specifically (D) accordingly

( ) **4.** Plants and animals in some deserts must cope with a climate of _____ —freezing winters and very hot summers. [105 指考]

(A) extremes (B) forecasts (C) atmospheres (D) homelands

( ) **5.** Climate change may _____ people's health both directly and indirectly. [多益模擬真題]

(A) affect (B) perfect (C) reflect (D) infect

( ) **6.** The world's weather will continue to worsen, doubling the number of _____ deaths in the next ten years. [多益模擬真題]

(A) relating-weather (B) related-weather (C) weather-related (D) weather-relating

1. 因為天候不佳，我們被迫取消週末的野餐計畫。

   (A) 保持 (B) 記錄 (C) 提議 (D) 取消

2. 氣象局預測颱風將會帶來強風豪雨，警告大家可能的危險。

   (A) 傳達 (B) 聯想 (C) 解釋 (D) 預測

3. 天氣預報員提醒民眾未來幾天溫差大，建議大家每日查看天氣預報，並因應溫度高低來穿衣服。

   (A) 必然地 (B) 顯著地 (C) 特定地 (D) 相應地

4. 生長在某些沙漠的動植物必須要對付極端的氣候 —— 嚴寒的冬季和酷熱的夏季。

   (A) 極端 (B) 預報 (C) 氣氛 (D) 祖國

5. 氣候變遷可能會直接及間接影響大家的健康。

   (A) 影響 (B) 完美的 (C) 反映 (D) 感染

6. 世界的天氣將會愈來愈糟糕，在接下來的 10 年之內，與天氣相關的死亡人數將會增加一倍。

> **補充** 以分詞為主的複合形容詞
>
> (1) N.-V-ing / N.-p.p.
>
>   Eg: oil-producing country 產油國；soldier-guarded area 士兵守衛的區域
>
> (2) adj.- V-ing/ adj. -p.p.
>
>   Eg: odd-looking chair 看起來奇怪的椅子；hourly-paid workers 鐘點工人
>
> (3) V-ed- N.
>
>   Eg: A broken-down car 壞掉的車子

Ans: DDDAAC

( ) **1.** According to environmental scientists, the earth is likely to experience significant _____ changes within the next century. [106 指考]

(A) provincial (B) ecological (C) authentic (D) redundant

( ) **2.** Identical twins have almost all of their genes in common, so any _____ between them is in large part due to the effects of the environment. [95 指考]

(A) adoption (B) familiarity (C) stability (D) variation

( ) **3.** This eco-friendly leather has clear _____ for the environment. [108 學測]

(A) advantages (B) considerations (C) opportunities
　　(D) responsibilities

( ) **4.** Hadid's designs are daring and visionary experiments with space and with the relationships of buildings to their urban _____.

(A) surroundings (B) surrender (C) betrayal (D) atmosphere

( ) **5.** It is believed that dragon is an important _____ of the Chinese people.

(A) survival (B) surroundings (C) symbol (D) suspension

( ) **6.** The natural environment encompasses all living and non-living things occurring naturally, meaning in this case not _____. [英檢模擬真題(中高級)]

(A) artificial (B) article (C) artwork (D) arterial

( ) **7.** The region remains a popular place for artists to live and work as a result of its _____ surroundings and its artistic history. [英檢模擬真題(中高級)]

(A) respiring (B) proposing (C) pushing (D) inspiring

1. 環境科學家認為,地球在下個世紀中可能
   面臨重大的生態改變。
   (A) 省的、地方的 (B) 生態的 (C) 真實的
   (D) 多餘的

2. 同卵雙胞胎所有的基因幾乎完全雷同,因
   此他們之間的相異之處大部分都與環境的
   影響有關。
   (A) 領養 (B) 熟悉、親密 (C) 穩定 (D) 差異性

3. 新發明的皮革與真皮及合成皮相比,很明顯地對環境有益。
   (A) 有益處 (B) 要考慮的因素 (C) 機會 (D) 責任

4. 哈蒂的設計很大膽,以空間以及建築與周遭環境的關係,進行視覺實
   驗。
   (A) 環境 (B) 投降 (C) 背叛 (D) 氣氛

5. 人們相信龍是華人世界的重要象徵。
   (A) 存活 (B) 環境 (C) 象徵 (D) 懸掛

6. 自然環境指的是包括所有現存的生命和非生命事物,沒有任何人工產
   物。
   (A) 人造的 (B) 文章 (C) 藝術品 (D) 動脈的

7. 該地區因為啟發靈感的環境和悠久的藝術歷史,成為廣受藝術家青睞之
   地,不少藝術家在此定居工作。
   (A) 呼吸 (B) 提議 (C) 奮鬥的 (D) 啟發靈感的

Ans: BDAACAD

( ) **1.** The medicine you take for a cold may cause _____; try not to drive after you take it. [94 學測]

(A) incident (B) violence (C) bacteria (D) drowsiness

( ) **2.** The drug dealer was _____ by the police while he was selling cocaine to a high school student. [英檢模擬真題 (中級)]

(A) threatened (B) endangered (C) demonstrated (D) arrested

( ) **3.** Many scholars and experts from all over the world will be invited to attend this yearly _____ on drug control. [93 學測]

(A) reference (B) intention (C) conference (D) interaction

( ) **4.** The doctor suggested Tom _____ the medicine twice a day. [多益模擬真題]

(A) takes (B) took (C) taking (D) take

( ) **5.** The pharmaceutical firm came up with a new drug that quickly alleviated cold _____. [英檢模擬真題 (中級)]

(A) symptom (B) synchronization (C) synthesis (D) symphony

( ) **6.** Botanical drugs are the basis for _____ of pure natural products for the production of herbal medicine. [英檢模擬真題 (中高級)]

(A) isolation (B) bleach (C) breach (D) desperation

( ) **7.** She took some medicine and thus _____ from the bad cold gradually. [英檢模擬真題 (初級)]

(A) covered (B) conveyed (C) surveyed (D) recovered

1. 你服用的感冒藥可能導致昏睡，服用此藥後請勿開車。

   (A) 事件 (B) 暴力 (C) 細菌 (D) 昏睡

2. 這位毒販在賣古柯鹼給高中生時被警方逮捕。

   (A) 被威脅的 (B) 快絕種的 (C) 示威 (D) 逮捕

3. 來自於世界各地的學者專家將受邀參加年度毒品管制會議。

   (A) 參考文獻 (B) 意圖 (C) 會議 (D) 互動

4. 醫生建議湯姆一天要吃兩次藥。

5. 這家製藥公司研發出可以快速減輕感冒症狀的新藥。

   (A) 單一症狀 (B) 同步 (C) 綜合 (D) 交響樂

6. 植物藥是從天然產物分離出來的產品，用於生產中藥。

   (A) 分離 (B) 漂白劑 (C) 破壞 (D) 絕望

7. 她吃了藥後就從重感冒中逐漸恢復健康了。

   (A) 覆蓋 (B) 傳達 (C) 調查 (D) 恢復

Ans: DDCDAAD

( ) **1.** After spending much time carefully studying the patient's _____ , the doctor finally made his diagnosis. [97 指考]

(A) confessions (B) symptoms (C) protests (D) qualifications

( ) **2.** Most people who contract West Nile do not experience any _____ at all. [107 學測]

(A) symphony (B) symbols (C) symptoms (D) symbiosis

( ) **3.** I must have _____ because I have the same symptoms like yours. [英檢模擬真題 (中級)]

(A) caught at a straw (B) caught your cold (C) caught fire (D) caught your eye

( ) **4.** After taking medicine, if no effectiveness to the symptoms or any unusual condition or side-effect occurred, _____ doctor immediately. [多益模擬真題]

(A) advising (B) to advise (C) advice (D) advise

( ) **5.** A person with metabolic syndromes can have many symptoms, _____ constipation, hypertension and so on. [英檢模擬真題 (中級)]

(A) including (B) included (C) includes (D) inclusive

( ) **6.** Savant syndrome is a mental disease and the sufferers usually _____ special talents. [英檢模擬真題 (中級)]

(A) potential (B) possess (C) process (D) prolonged

( ) **7.** We did not observe _____ associations between respiratory symptoms with the road densities. [英檢模擬真題 (中級)]

(A) magnificent (B) sinistrous (C) simultaneous (D) significant

1. 醫生在花了很多時間仔細研究病人的症狀後，終於做出了診斷。

   (A) 自白 (B) 症狀 (C) 抗議 (D) 資格

2. 大部分感染西尼羅熱的人完全沒有任何症狀。

   (A) 交響樂 (B) 象徵 (C) 症狀 (D) 共生關係

3. 我一定被你傳染了，因為我跟你有相同症狀。

   (A) 抓住救命稻草 (B) 被你傳染 (C) 著火 (D) 抓住你的目光

4. 若是藥品沒有作用或發生任何異常狀況或作用時，請立即告知醫師或藥師。

5. 代謝症候群的症狀很多，包括便秘、高血壓等等。

   > 補充 「包括」有三種寫法：including + N. / inclusive of + N. / N. + included
   >
   > E.g. : I have invited many friends to my wedding, including my ex-girlfriends.
   > ⇒ I have invited many friends to my wedding, my ex-girlfriends included.
   > ⇒ I have invited many friends to my wedding, inclusive of my ex-girlfriends.
   >
   > 我邀請很多朋友來到我的婚禮，包含我的前女友們。

6. 學者綜合症是一種精神疾病，患者通常具有特殊才能。

   (A) 潛在的 (B) 擁有 (C) 處理 (D) 延長的

7. 我們並沒有觀察到呼吸病症與路徑密度間有重要的關連。

   (A) 華麗的 (B) 不吉祥的 (C) 同時發生的 (D) 重要的

Ans: BCBDABD

阿基里斯之腱
Achilles' heel

阿基里斯之腱（Achilles' heel）是「弱點」的意思，但為什麼某個人的跟腱會成為一句獨特的片語呢？

阿基里斯（Achilles）是希臘神話裡的人物，在古希臘詩人荷馬（Homer）的史詩《伊里亞德》（Iliad）之中有所記載。阿基里斯出生後，他的母親忒提斯（Thetis）就握著他的腳踝，倒吊著浸在能賦予人不朽身軀的冥河（Styx）之中。

很可惜的是，他的媽媽當時忘了抓住的腳踝沒有泡到冥河，這件事竟然成為了他往後的致命弱點。日後，阿基里斯在特洛伊戰爭（Troy War）中，被特洛伊王子帕里斯（Paris）射中腳踝後去世，於是後人就用這 Achilles' heel（阿基里斯之腱）來比喻一個人致命的弱點。

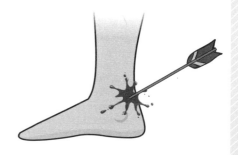

PART

08

易混淆的大考核心單字

71. 確保、保證（assure, ensure）

72. 堅持（persist, insist, persevere）

73. 影響（impact, affect, influence）

74. 接受（accept, receive）

75. 有關的（related, relative, relevant）

76. 主題（theme, topic, title）

77. 忽略（ignore, neglect, overlook）

78. 尋找（find, look at, seek, search）

79. 拒絕（reject, refuse, deny, decline）

80. 要求、需要（require, request）

71 確保、保證
(assure, ensure)

☞ **assure (vt.)** 向人保證（受詞接人）
☞ **ensure (vt.)** 確保事物（受詞接物）

1： I can **assure** you of the reliability of the information.
我可以跟你保證這訊息的可信度。

2： I **assure** you **that** you are right.
我保證你是對的。

3： We **assured** our clients of a wonderful trip.
我們確保顧客能有一個很棒的旅途。

4： I'm **assured** it's a very good role.
我保證這是一個非常好的角色。

5： These devices are designed to **ensure** workers' safety.
這些裝置的設計是為了確保工人安全。

6： Tom is always late, so I can't **ensure** his being on time.
湯姆總是遲到，所以我不能保證他一定會準時。

7： He **ensured** there would be enough goods by importing more supplements.
他保證會進更多的補給品以確保貨物充足。

8： The company's sole concern is to **ensure** the safety of its employees.
公司唯一顧慮的就是要確保員工的安全。

72　堅持
（persist, insist, persevere）

☞ **persist in** 固執己見
☞ **insist on** 堅持某種意見或想法
☞ **persevere in/ with /at** 不顧任何困難挫折，都堅定不移的貫徹目標
　　或達到某個目的

1 : In spite that fact that the scientists met many kinds of difficulties and failures, they **persevered with** their experiments.
儘管科學家遇到各式各樣的困難與挫折，他們仍然在實驗上**努力不懈**。

2 : If you **persist in** breaking the law, you will be sent to the jail.
若你**繼續**違法的話，你會坐牢的。

3 : They **insisted** on my staying there for dinner.
他們**堅持**要我留下一起吃晚餐。

4 : The police **insist** that they are not relaxing their action against drugs.
警方**堅稱**他們沒有放鬆對於緝毒的行動。

5 : Jane **insisted** that we (should) accept these gifts.
珍**堅持**我們一定要收下這些禮物。

6 : She is seventy now, but she **insists** on doing all her own housework.
她現在七十歲，但她**堅持**自己做家事。

7 : If he **persists** in asking awkward questions again, then get him out of here.
如果他（**堅持**）再問一次奇怪的問題就把他趕出去。

8 : The cold weather will **persist** throughout the week.
這寒冷的天氣將會**持續**一周。

9 : Despite receiving little support, the women are **persevering** with their crusade to fight crime.
儘管得到的支持很少，但是婦女們仍**堅持**投入打擊犯罪。

73　影響
（impact, affect, influence）

☞ **impact (vt.)(vi.)** 用以暗喻任何影響，但不明白影響程度有多大（當頭棒喝）
☞ **affect (vt.)** 影響某人的感情、感覺；被有形的力量所影響（立即見效）
☞ **influence (vt.)(n.)** 藉由勸說、示範、榜樣或行動來影響對方的行為（潛移默化）

1： How will the war **impact** on our daily life?
戰爭對我們的日常生活有何影響？

2： Smoking may **affect** your lung.
抽菸會影響你的肺部。

3： Divorce **affects** each aspect of her life.
離婚影響了她各方面的生活。

4： Tom **influenced** by his high-school English teacher to major in linguistics.
湯姆被高中英文老師影響去主修語言學。

5： Conservation organization is trying to **make an effect** in the way that we think about our environment, making our life better.
環保組織正試圖改變我們關於環境的觀念，讓我們的生活變得更美好。

6： The tax increases have **affected** us all.
加稅已經影響了我們大家。

7： The change in climate may **affect** your health.
氣候的變遷可能會影響你的健康。

8： Their opinion will not **affect** my decision.
他們的意見不會影響我的決定。

74　接受
（accept, receive）

☞ **accept (vt.)** 能考慮是否接受
☞ **receive (vt.)** 接受到，收下，收到；如信件、獎項等

1：I **accepted** her invitation.
　我**接受**他的邀請。

2：Do you **accept** my challenge to a race?
　你**接受**我的挑戰來比賽嗎？

3：I **received** an e-mail.
　我**收到**了電子郵件。

4：I **received** a parcel from my parents today.
　今天我**收到**我家人寄來的包裹。

5：She **received** his present, but she didn't accept it.
　她**收到**了他的禮物，但是沒有接受。

6：John has **received** an invitation from his students but he doesn't want to accept it.
　約翰**收到**他的學生的邀請，但是他並不想赴約。

補充　「接受」易誤用的句子

(1) 我沒辦法接受辣的食物
　　(X) I won't accept eating spicy food.
　　(O) I don't like/ prefer eating spicy food.

(2) 她也希望孩子能夠接受好的教育
　　(X) She also hopes her children will accept a good education.
　　(O) She also hopes her children will get/ receive a good education.

75 | 有關的
(related, relative, relevant)

☞ **be related to N** 與…有密切關聯、有親戚關係
☞ **relative (adj.)** 與…的相對關係、比較關係；**(n.)** 親戚
☞ **relevant (adj.)** 恰當的、有關的（關聯性比 related 小）

1： The survey suggests that the level of income **is** closely **related to** a person's level of education.
這個調查指出收入高低**與**個人的教育程度**有關**。

2： What are the **relative** advantages of the different methods?
⇒ What are the advantages of each method **compared** to others?
這兩個方式之間的**相對**關係是什麼？

3： The ideas and observations expressed in the book are still **relevant** today.
這本書的想法跟評論仍與現今**有關聯**。

4： A d**istant relative** is not as good as a near neighbor.
遠親不如近鄰。

5： He had neither **relatives** nor friends there.
他在那邊一無**親戚**，二無朋友。

6： All these questions **relate** to philosophy.
這些問題都跟哲學**有關**。

7： Light industry is closely **related** to agriculture.
輕工業跟農業密切**相關**。

8： The **relevant** expenditure will be incurred.
這會產生**相關**的費用。

76　主題
（theme, topic, title）

☞ **theme (n.)** 藝術、作品、中心思想
☞ **topic (n.)** 文章或討論的主題
☞ **title (n.)** 標題名稱

1： It was the book's eye-catching **title** that helped me make up my mind to buy it.
正是這個醒目的**標題**讓我下定決心去購買這本書。
（make up one's mind 下定決心）

2： This is a one-man show of paintings whose **theme** was the vulgarity of modern life.
這是一個以現代生活的庸俗為**主題**的個人畫展。

3： The **topic** of your article is very good, but your spelling must be improved.
你的文章**主題**很棒，但你的拼字要改善。

4： He developed the **theme** with fertility and power.
他豐富而有力地表現了**主題**。

5： Other commentators soon took up the **theme**.
其他評論員不久後也報導了這項**消息**。（take up 開始、討論、處理）

6： Luckily we just did a **title** B inventory.
我們剛巧列出了一個 B 項清單。

7： She married a **titled** nobleman.
她嫁給了一位**有爵位的**貴族。

8： The **topic** will be put in chapter two.
這個**主題**會被安排在第二章節中。

77 忽略
(ignore, neglect, overlook)

☞ **ignore (vt.)** 有意疏忽
☞ **neglect (vt.)** 無意間的忽視、忘記、疏於照顧
☞ **overlook (vt.)** 做事草率的疏忽

1 : You may **ignore** your child when he is crying.
當你的孩子在哭時，你可能**不予理會**。

2 : I must warn you that you are **neglecting** your work these days.
我必須提醒你，你的工作最近有些**鬆懈**。

3 : The steaming apple pie tempted him to **ignore** his diet.
熱氣騰騰的蘋果派誘惑他**不顧**自己在減肥。

4 : Tina saw John greeting her, but she **ignored** him.
蒂娜看見約翰跟她打招呼，但是**忽視**他了。

5 : Don't **neglect** to double-check your report.
不要**忘記**再次檢查你的報告。

6 : Parents can be charged for **neglecting** their children.
家長可能因為**疏於**照顧孩子而被起訴。

7 : You are dismissed for **neglect of your duty**, and you also make our company lose a supplier.
你因為**怠忽職守**而被解雇了，而且還讓我們公司損失了一個供應商。

78 尋找
（find, look at, seek, search）

☞ **find (vt.)** 找到（是 look for 的結果）
☞ **look for** 尋找（過程尚未結束）
☞ **seek (vt.)** 尋求幫忙、允許、建議等（找非實體物品）
☞ **search (vt.)** 仔細搜查

1：According to recent study, Many people can't **find** a decent work today.
根據最近的研究指出，現在許多人無法**找到**一份像樣的工作。

2：She **was looking for** her watch at that time.
她那個時候**正在找**她的手表。

3：He wrote an email to me to **seek** my opinion.
他寫一封 E-mail 給我**尋求**我的意見。

4：The police **searched** the forest for the missing girl.
警察為了失蹤女孩**仔細搜查**森林。

5：I want to **search out** an old school friend.
我想要**尋找**我的一個老同學。

6：She asked him a **searching** question.
她向他提了一個**試探性的**問題。

7：What a philosopher **seeks** after is truth.
一個哲學家所**探索**的是真理。

8：He would indeed **seek** to patch things up.
他一定會**設法**把事情加以補救。

79 拒絕
（reject, refuse, deny, decline）

☞ **reject (vt.)** 依照事件給予接受或拒絕的判斷；人被 reject 代表被排擠
☞ **refuse (vt.)** 強調自身立場，與事物本身的對錯並無關係
☞ **deny (vt.)** 不願承認、否認、駁回請求
☞ **decline (vt.)** 婉拒；下降（與 reject 和 refuse 相比之下更為委婉）

1 : The employer **denied** his employee the permission to take a day off.
雇主拒絕讓他的員工請一天假。（take + 天數 + off 放幾天假）

2 : He **refused** their invitation this Sunday.
他拒絕他們這星期日的邀請。

3 : John used to be **rejected** by his classmates because of his accent.
約翰過去因為口音被同學排擠。

4 : Our CEO **declined** the offer from Facebook's founder.
我們的執行長婉拒了 FB 創辦人給的職缺。

5 : The boy **rejects** other people's criticism.
那男孩拒絕別人的批評。

6 : We categorically **reject** this groundless charge.
我們堅決否認這種無理的指責。

7 : The white house has **denied** the report.
白宮已經否認這一報導。

8 : The facts of history can't be **denied**.
歷史的事實是無法抹滅的。

要求、需要
(require, request)

☞ **require (vt.)** 表示客觀需求
☞ **request (vt.)** 表示主觀需求

1 : The roof of the house **requires/ needs** repairing.
這房子的屋頂**需要**被修理了。

2 : Mr. Moore **requests** that I should help him.
Moore 先生**要求**我必須要幫助他。

3 : All my **requests** are approved.
我所有的**請求**都獲得允許。

4 : I **request** Tom to come before 9 o'clock.
我**要求**湯姆九點以前來。

5 : We **require** extra help.
我們**需要**額外的幫助。

6 : People are **required** by law to stop your car after an accident.
法律規定，發生事故後必須停車。

7 : Your work doesn't reach the standard **required**.
你的工作成績達不到**要求**。

( ) **1.** Please _____ that the lights are switched off before leaving the building. [多益模擬真題]

(A) illustrate (B) ensure (C) observe (D) reassure

( ) **2.** When the accident happened, my parents **assured** me that everything would be fine. （找出同義字）[英檢模擬真題(中級)]

(A) surmised (B) compromised (C) demised (D) promised

( ) **3.** The doctor _____ me that I would get better. [英檢模擬真題(中級)]

(A) threatens (B) ensures (C) assures (D) stinks

( ) **4.** I was worried about my first overseas trip, but my father _____ me that he would help plan the trip so that nothing would go wrong. [104 學測]

(A) rescued (B) assured (C) inspired (D) conveyed

( ) **5.** The water company inspects the pipelines and monitors the water supply regularly to _____ the safety of our drinking water. [99 學測]

(A) exhibit (B) interpret (C) ensure (D) concert

( ) **6.** Keeping working hard. You'll succeed _____, I assure you. [英檢模擬真題(初級)]

(A) in the end (B) at the end (C) for the best (D) at the latest

( ) **7.** Monitoring the consistency between different raters is to assure the _____ of a test. [英檢模擬真題(中級)]

(A) validity (B) reliability (C) practicality (D) familiarity

( ) **8.** In every country, it is the responsibility of armed forces to _____ security from outside threats. [英檢模擬真題(中級)]

(A) dismiss (B) retort (C) reform (D) ensure

1. 請確保在離開建築物之前關掉電燈。
   (A) 說明 (B) 確保 (C) 觀察 (D) 使安心

   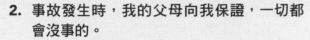
   補充 switch off 關掉

2. 事故發生時，我的父母向我保證，一切都
   會沒事的。
   (A) 推測 (B) 妥協 (C) 倒閉、讓渡 (D) 承諾

3. 醫生向我保證，我會好起來的。
   (A) 威脅 (B) 確保 (C) 保證 (D) 發出惡臭

4. 我擔心我第一次出國旅行，但是我父親向我保證會幫助我計劃行程，不
   會出任何問題的。
   (A) 獲救 (B) 保證 (C) 啟發 (D) 傳達

5. 自來水公司定期檢查管道並監控供水情況以確保我們的飲用水安全。
   (A) 展覽 (B) 口譯 (C) 確保 (D) 演唱會

6. 繼續努力。我向您保證，最終您會成功。
   (A) 最終 (B) 在 ... 的盡頭 (C) 出於好意 (D) 最晚

7. 監測不同評估者之間的一致性是為了確保測驗的可信度。
   (A) 有效性 (B) 可信度 (C) 實用性 (D) 熟悉

8. 在每個國家，武裝部隊都有責任確保不受到來自於外部的威脅。
   (A) 解僱 (B) 反駁 (C) 改革 (D) 確保

   補充 Armed forces 部隊 = troop
   各軍種：army 陸軍、navy 海軍、air force 空軍、marine corps 海軍陸
   戰隊

Ans: BDCBCABD

( ) **1.** I suggested/ insisted that this matter _____ at the next meeting. [多益模擬真題]

(A) considered (B) considering (C) was considered (D) be considered

( ) **2.** He _____ in his study. [英檢模擬真題 (初級)]

(A) perseveres (B) consists (C) persecutes (D) resists

( ) **3.** The manufacture insists that the defective air bags _____ replaced in spite of the high cost of recalling thousands of affected cars. [多益模擬真題]

(A) are (B) be (C) have (D) has

( ) **4.** I insist on _____ the truth. [英檢模擬真題 (初級)]

(A) tell (B) told (C) be told (D) telling

( ) **5.** Jason always _____ in finishing a task no matter how difficult it may be. He hates to quit halfway in anything he does. [101 學測]

(A) persists (B) motivates (C) fascinates (D) sacrifices

( ) **6.** The doctor _____ on office visits every three weeks, even when she was feeling well. [104 學測]

(A) insisted (B) resisted (B) obtained (D) contained

( ) **7.** A: Are you sure you won't come for a drink with us?
B: _____, if you insist. [英檢模擬真題 (初級)]

(A) Not at all (B) It depends (C) My goodness (D) I don't care

( ) **8.** I tried to _____ my son who had just failed an examination, but in vain. [英檢模擬真題 (中級)]

(A) encourage (B) occur (C) participate (D) insist

( ) **9.** If the CEO _____ the difficulty in implementing the new policy, he _____ on it. [英檢模擬真題 (中級)]

(A) realizes ; doesn't insist (B) realized ; won't insist (C) had realized ; wouldn't have insisted (D) has realized ; won't have insisted

解題說明

1. 我建議 / 堅持這件事在下次會議上要被思考一下。

   > 補充 句型為：S + insist/ suggest that S + (should) + VR…
   > Eg1: I insist that you (should) be here. 我堅持你要在這裡。
   > Eg2: Tom suggests that Sally (should) go home. 湯姆建議莎莉該回家了。

2. 他堅持學習。

   (A) 堅持 (B) 由…組成 (C) 迫害 (D) 抵抗

3. 製造商堅持儘管召回汽車的成本很高，有缺陷的安全氣囊仍需更換。

4. 我堅持要說出事實。

5. 無論任務有多困難，Jason 總是堅持完成任務。他討厭半途而廢。

   (A) 堅持 (B) 激勵 (C) 使著迷 (D) 犧牲

6. 即便他妻子覺得身體狀況良好，醫生仍堅持他們必須每三週回診一次。

   (A) 堅持 (B) 抵抗 (C) 獲得 (D) 包含

7. A: 您確定您不會和我們一起喝酒嗎？
   B: 看狀況，如果你堅持的話。

   (A) 一點都不 (B) 看狀況 (C) 我的天啊！(D) 我不在乎

8. 我試圖要鼓勵我那考試考不及格的兒子，但徒勞無功。（in vain 徒勞無功）

   (A) 鼓勵 (B) 發生 (C) 參與 (D) 堅持

9. 如果首席執行官意識到執行新政策的困難，他就不會堅持在這上面了。

   > 補充 與過去事實相反的假設語氣：
   > If + 過去完成式，would/ could/ should + 現在完成式
   > Eg: If you had studied hard, you could have passed the test.
   > 如果你當時有認真讀書，就能通過考試了。

Ans: DABDAABAC

( ) **1.** President's decision will _____ our daily life. [英檢模擬真題 (初級)]

(A) affect (B) perfect (C) influence (D) predict

( ) **2.** The radiation leak will _____ on residents nearby, and it may cause disastrous _____. [英檢模擬真題 (中級)]

(A) affect ; influence (B) impact ; influence (C) influence ; affect (D) impact ; effect

( ) **3.** What _____ you to choose a career in teaching? [英檢模擬真題 (初級)]

(A) flushes (B) infects (C) influences (D) flicks

( ) **4.** His writing style, characterized by simplicity and understatement, _____ modern fiction, as did his life of adventure. [104 指考]

(A) influenced (B) revolted (C) rivaled (D) saluted

( ) **5.** In certain cases, it may actually have a negative _____ interpersonal relationships. [101 指考]

(A) implant (B) savage (C) impact (D) scorn

( ) **6.** Scientific discoveries and inventions do not always influence the language _____ their importance. [英檢模擬真題 (中級)]

(A) in the name of (B) in proportion of (C) on top of (D) with regard to

( ) **7.** The book itself can't _____ you, but what you read can _____ your thinking. [英檢模擬真題 (中級)]

(A) affect ; influence (B) influence ; affect (C) affect ; affect (D) influence ; influence

( ) **8.** In general, a retaining wall（擋土牆）is primarily used to resist _____. [英檢模擬真題 (中級)]

(A) wind load (B) car impact (C) raining (D) earth pressure

1. 總統的決定會影響我們的日常生活。
   (A) 影響 (B) 完美的 (C) 影響 (D) 預言

2. 輻射洩漏會影響附近的居民,可能會造成
   慘重的影響。

3. 什麼事情影響你去選擇教書這個職業呢?
   (A) 沖洗 (B) 感染 (C) 影響 (D) 輕輕拍打

4. 他以簡潔、含蓄為特色的寫作風格影響了現代小說,正如他的冒險生活
   一樣。
   (A) 影響 (B) 起義、叛亂 (C) 與…競爭 (D) 敬禮

5. 在某些情況下,它其實很有可能對人際關係有不好的影響。
   (A) 植入、移植 (B) 野蠻的 (C) 衝擊、影響 (D) 輕蔑、嘲笑

6. 就科學發現與發明的重要性而言,它們並不總是會影響到語言的。
   (A) 以…的名義 (B) 在…的比例內 (C) 在…之上 (D) 關於、就…而言

7. 這本書不能影響你本身,但會影響你的思維。

8. 一般而言,擋土牆主要用於抵抗土壓力。
   (A) 風負載 (B) 汽車撞擊 (C) 下雨 (D) 土壓力

Ans: ADCACDAD

( ) **1.** I _____ Mike's invitation to his birthday party. [英檢模擬真題 (初級)]

(A) received (B) accepted (C) tickled (D) revived

( ) **2.** Linda looked very happy after she _____ a phone call from her friend.

(A) received (B) resented (C) accepted (D) accessed [英檢模擬真題 (初級)]

( ) **3.** Betty was reluctant to _____ her friend's suggestion because she thought she could come up with a better idea herself. [102 學測]

(A) concept (B) accept (C) incept (D) except

( ) **4.** In 1993, Morrison _____ the Nobel Prize in Literature. [103 學測]

(A) conceived (B) received (C) perceived (D) deceived

( ) **5.** They offered far less than the vendor was prepared to _____. [多益模擬真題]

(A) obligate (B) crowd (C) accept (D) negotiate

( ) **6.** Don't give a business gift _____. [英檢模擬真題 (中級)]

(A) until you receive one (B) as you received one (C) because you receives one (D) due to you receive one

( ) **7.** Generally speaking, anything with cute characteristics on it is well-_____. [英檢模擬真題 (中級)]

(A) receive (B) receiving (C) received (D) to receive

( ) **8.** It is mandatory that students in Taiwan _____ at least twelve years of compulsory education. [英檢模擬真題 (中級)]

(A) receives (B) received (C) receive (D) to receive

1. 我接受麥克的邀請要參加他的生日聚會。
   (A) 接受 (B) 接受 (C) 搔癢 (D) 使甦醒

2. 琳達在接到朋友打來的電話後,看起來很高興。
   (A) 接受 (B) 怨恨 (C) 接受 (D) 接近

3. 貝蒂不願意接納她朋友的建議,因為她認為自己可以提出一個更好的主意。(come up with 提出)
   (A) 概念 (B) 接受 (C) 攝取 (D) 除…之外

4. 1993 年莫里森收到諾貝爾文學獎。
   (A) 受孕、想到 (B) 接受 (C) 意識到 (D) 欺騙

5. 他們的報價遠遠低於賣方準備接受的報價。
   (A) 使有義務 (B) 聚集、擁擠 (C) 接受 (D) 協商

6. 直到你收到商務贈禮後才能回禮。

   > **補充** not…until 直到…才…
   > Eg.: The students didn't meditate until the teacher came into the classroom.
   > ⇒ Not until the teacher came into the classroom did the students meditate.(倒裝)
   > 直到老師進教室後學生才開始靜坐。

7. 一般而言,任何帶有可愛特徵的東西都廣受好評。

   > **補充** well + p.p. ⇒複合形容詞
   > Eg.: well-nourished 養得很好的、well-educated 良好教育的、
   > Well-known 知名的、well-experienced 具有豐富經驗的

8. 台灣學生接受的 12 年義務教育是強制性的。

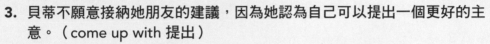

Ans: BABBCACC

253

( ) **1.** The lawyer asked his client to bring all _____ documents to tomorrow's court hearing.[多益模擬真題]

(A) related (B) relative (C) relevant (D) relatively

( ) **2.** The police think the two robberies are _____ because they have already collected _____ evidences. [英檢模擬真題 (中級)]

(A) related ; relevant (B) relative ; related (C) relevant ; related (D) related ; relative

( ) **3.** Before implementing chemotherapy, doctors should consider the _____ risks and benefits of the treatment.[英檢模擬真題 (中級)]

(A) reluctant (B) relative (C) relevant (D) reminiscent

( ) **4.** This point is really _____ and we had better move on. [英檢模擬真題 (初級)]

(A) reeky (B) redundant (C) relevant (D) reductive

( ) **5.** Plant growth and nutrient release are directly _____. [英檢模擬真題 (初級)]

(A) related (B) religious (C) relievable (D) remarkable

( ) **6.** Nowadays many companies adopt a _____ work schedule which allows their employees to decide when to arrive at work — from as early as 6 a.m. to as late as 11 a.m. [104 學測]

(A) relative (B) severe (C) primitive (D) flexible

( ) **7.** If you search on the Internet, you will find all of the _____ website. [多益模擬真題]

(A) related (B) search (C) revised (D) replaced

( ) **8.** I hope the reader will share my _____ that they are relevant. [英檢模擬真題 (中級)]

(A) conviction (B) convection (C) convocation (D) convolution

1. 律師請他的客戶將所有的相關證件送交明天的法庭聽證會。

2. 警察認為這兩次搶劫是有關聯的，因為他們已經蒐集到了相關證據。

3. 在實施化療之前，醫生應考慮相關的治療風險和益處。

   (A) 不情願的 (B) 有關聯的 (C) 相關的 (D) 懷舊的

4. 這點是有相關的，我們最好繼續下去。

   (A) 冒煙的、散發臭氣的 (B) 多餘的 (C) 相關的 (D) 減少的、還原的

5. 植物的生長和養分的釋放是直接關聯的。

   (A) 有關聯的 (B) 宗教的 (C) 可緩和的 (D) 卓越的

6. 現今有許多公司採用彈性的工時制，讓員工決定幾點上班──早至上午 6 時，晚至上午 11 時。

   (A) 相對的 (B) 嚴重的 (C) 原始的 (D) 彈性的

7. 如果你搜尋網站，你會找到相關的網頁。

   (A) 相關 (B) 搜索 (C) 修訂 (D) 替換

8. 我希望讀者能與我分享與他們相關的信念。

   (A) 定罪、信念 (B) 對流 (C) 集會 (D) 盤旋

Ans: CABCADAA

( ) **1.** The _____ of the movie is "gratitude". [英檢模擬真題 (初級)]
(A) tide (B) topic (C) theme (D) therapy

( ) **2.** The _____ of my study is global warming. [英檢模擬真題 (初級)]
(A) thunder (B) topic (C) typical (D) torch

( ) **3.** I can't remember in a very long conversation what _____ has been touched upon and what has not. [英檢模擬真題 (中級)]
(A) title (B) topic (C) torture (D) titanium

( ) **4.** This is a picture that requires no _____. [英檢模擬真題 (初級)]
(A) title (B) token (C) theme (D) thread

( ) **5.** The graduates wrote a group of essays whose _____ was the will of man to endure. [英檢模擬真題 (中級)]
(A) title (B) trauma (C) theme (D) trout

( ) **6.** The candidate made energy _____ the central theme of his campaign, calling for a greater reduction in oil consumption. [英檢模擬真題 (中級)]
(A) evolution (B) conservation (C) donation (D) opposition

( ) **7.** Since you have not decided on the topic of your composition, it is still _____ to talk about how to write your conclusion. [101 指考]
(A) preventive (B) premature (C) productive (D) progressive

( ) **8.** Before writing your article, _____, collect your material, and prepare an outline. [英檢模擬真題 (中級)]
(A) a topic should be selected (B) a topic to be selected (C) your topic should be selected (D) select a topic

1. 這齣電影的主題是感激。
   (A) 潮汐 (B) 主題 (C) 主題 (D) 療法

2. 我研究的主題是地球暖化。
   (A) 打雷 (B) 主題 (C) 典型的 (D) 火把

3. 在一段漫長的對話裡，我記不起什麼主題
   有被提及、什麼沒有。
   (A) 標題 (B) 主題 (C) 折磨 (D) 鈦

4. 這個照片不需要標題。
   (A) 標題 (B) 籌碼 (C) 主題 (C) 線

5. 畢業生們寫了幾篇主題是關於人們忍耐的意志。
   (A) 標題 (B) 傷口 (C) 主題 (D) 鮭魚

6. 候選人以節能為他的競選主題，呼籲減少石油的消耗。
   (A) 進化 (B) 節省、保護 (C) 捐贈 (D) 反對

7. 因為你還沒有決定作文的題目，要談論怎麼寫結論還太早了。
   (A) 預防性的 (B) 過早的 (C) 有效益的 (D) 進步的

8. 在撰寫文章之前，先選擇你的主題，收集資料，並準備文章的概要。

Ans: CBBACBBD

( ) **1.** In international business transactions, it is easy to _____ cultural differences. [英檢模擬真題 (中級)]

(A) ignore (B) overlook (C) override (D) ignite

( ) **2.** The driver _____ the danger sign and met with an accident eventually. [英檢模擬真題 (中級)]

(A) ignored (B) illuminated (C) negotiated (D) neglected

( ) **3.** Insofar as the company is liable for _____, the dissatisfied customer will be compensated for any damage. [多益模擬真題]

(A) negligence (B) slight (C) slot (D) overlook

( ) **4.** Sunny Airlines pressured their highly experienced pilots to _____ their safety concerns and fly passengers over the pacific ocean at night in a plane that needed maintenance. [101 指考]

(A) ignore (B) shred (C) simmer (D) slaughter

( ) **5.** Sarah, who often attends symphony concerts, has a great _____ for music. [英檢模擬真題 (中級)]

(A) anxiety (B) disregard (C) appreciation (D) headline

( ) **6.** We should _____ such minor problems in the bud before they get out of control. [英檢模擬真題 (初級)]

(A) nag (B) nip (C) nail (D) neglect

( ) **7.** He is inclined to _____ details. Therefore, his proposals are sometimes not carefully thought-out. [英檢模擬真題 (中級)]

(A) downgrade (B) overlook (C) tumble (D) uphold

1. 在國際商業交易中，很容易忽略文化差異。
   (A) 忽略 (B) 忽略 (C) 撤銷 (D) 點燃

2. 駕駛員忽視危險標誌終會發生事故的。
   (A) 忽略 (B) 照亮 (C) 談判、協商 (D) 忽略

3. 只要公司願意承擔過失責任，顧客將會被
   賠償所有損失。
   (A) 忽略 (B) 輕視 (C) 投幣孔 (D) 忽略

4. Sunny 航空逼迫他們經驗豐富的駕駛忽略安全隱憂，用一架需要維修的
   飛機載送乘客，在深夜時分飛越太平洋。
   (A) 忽視 (B) 切碎 (C) 燉 (D) 屠殺

5. 莎拉經常參加交響音樂會，擁有很高的音樂欣賞水平。
   (A) 焦慮 (B) 忽視 (C) 欣賞 (D) 標題

6. 我們要防範未然，以免事情失控。
   (A) 嘮叨 (B) 夾、捏 (C) 指甲、釘子 (D) 忽略

   > 補充 nip sth. in the bud 防範未然

7. 他比較容易忽略小細節，因此，他的建議有時有些欠缺考慮。
   (A) 降級 (B) 忽略 (C) 跌倒 (D) 支撐

   > 補充 be inclined to 易於…

Ans: BAAACBB

( ) **1.** The CEO has been struggling to _____ a growth strategy that will enthuse disgruntled shareholders. [多益模擬真題]

(A) found (B) find (C) seek (D) seem

( ) **2.** Developing countries _____ foreign Direct Investment (FDI) in order to promote their economic development. [英檢模擬真題(中級)]

(A) search (B) scorch (C) seek (D) seed

( ) **3.** Police are _____ terrorists to prevent 921 from happening again. [英檢模擬真題(初級)]

(A) searching (B) fouling (C) seeking (D) sealing

( ) **4.** What are you _____? [英檢模擬真題(初級)]

(A) looking for (B) finding (C) founding (D) leaking

( ) **5.** Incurable patients often _____ their lives meaningless. [91 學測]

(A) stroll (B) sway (C) find (D) surge

( ) **6.** Brahma thought for a long time and finally decided to hide their divinity in the center of their own being, for humans would never think to _____ it there. [101 學測]

(A) look for (B) get over (C) do without (D) bump into

( ) **7.** Never again _____ political office after he lost the 2004 presidential election. [英檢模擬真題(中級)]

(A) James Kelly seriously sought (B) seriously James Kelly sought (C) when did James Kelly seriously seek (D) did James Kelly seriously seek.

( ) **8.** The word is new to us. You'd better _____ in the dictionary. [英檢模擬真題(初級)]

(A) look at it (B) look for it (C) look it up (D) look it out

1. 執行長一直在努力找出一種成長策略可以使不滿的股東滿意。

   (A) 創立 (B) 找到 (C) 尋求 (D) 似乎

2. 發展中的國家尋找外商直接投資以便於促進國內經濟發展。

   (A) 尋找 (B) 把⋯燒焦 (C) 尋求 (D) 播種

3. 警察正在尋找恐怖分子以預防 921 再次發生。

   (A) 尋找 (B) 犯規 (C) 尋求 (D) 密封

4. 你正在找什麼？

   (A) 尋找 (B) 找到 (C) 創立 (D) 洩漏

5. 無法治癒的病人時常會發現他們的生活毫無意義。

   (A) 漫步 (B) 搖擺 (C) 找到 (D) 洶湧

6. 梵天思考了許久，最後決定將神力隱藏在人類的心中，因為他們絕不會想到在那裏尋找它。

   (A) 尋找 (B) 克服 (C) 沒有⋯也行 (D) 遇到

7. 自從 2004 年 James Kelly 落敗總統大選後，就沒有參與選舉過了。

   說明：原句為倒裝句，還原後為：

   James Kelly never again seriously sought political office after he lost the 2004 presidential election.

   > 補充 含有副詞倒裝句口訣：副詞放句首，子句倒裝。
   > Eg: I will never talk to James again.
   > ⇒ Never will I talk to James again.

8. 這單字對我們而言很陌生，你最好查一下字典。

Ans: CCAACADC

( ) **1.** Confidence … never _____ yourself of it, for it costs you noting and leads to great things. (Vin Diesel, Actor) [英檢模擬真題 (中級)]

(A) deny (B) denying (C) denied (D) denies

( ) **2.** When questioned, the students denied _____ the practical joke. [英檢模擬真題 (初級)]

(A) to play (B) to have played (C) playing (D) having played

( ) **3.** The board _____ his request for a license. [英檢模擬真題 (初級)]

(A) injected (B) projected (C) rejected (D) ejected

( ) **4.** Bill angrily _____ to discuss the matter. [英檢模擬真題 (初級)]

(A) dedicated (B) declined (C) demolished (D) debated

( ) **5.** They were _____ permission to enter the country. [英檢模擬真題 (中級)]

(A) refused (B) confused (C) fused (D) infused

( ) **6.** In fact, the Earth _____ 20,000 times more energy from the sun than we currently use. [98 學測]

(A) repeats (B) receives (C) rejects (D) reduces

( ) **7.** Newspapers have tried many things to stop a seemingly nonstop _____ in readers. [99 學測]

(A) taunt (B) torment (C) decline (D) trim

( ) **8.** I'm afraid I have to _____ your invitation to lunch because I have an important appointment with one of my clients at 10:00. [英檢模擬真題 (中級)]

(A) decline (B) accept (C) offer (D) deny

1. 自信…絕不要拒絕擁有，它不花你一毛錢但可以帶你到很棒的境界。（語出演員馮·迪索）

2. 當被問到話時，學生否認這是個惡作劇。

   > **補充** 因為事情已經發生過了，所以用現在完成式來表示曾經發生過的事情。
   > Eg1: You should drink more water.
   > 你現在要多喝水了。（強調現在應該要多喝水）
   > Eg2: You should have told me that you would be late.
   > 你之前應該要跟我說你會遲到的。（強調之前應該告知）

3. 理事會拒絕他的執照申請。
   (A) 注入 (B) 投射 (C) 拒絕 (D) 彈出

4. 憤怒的比爾拒絕討論這個事情。
   (A) 奉獻 (B) 拒絕 (C) 破壞 (D) 爭論

5. 他們被拒絕進入該國。
   (A) 拒絕 (B) 困惑 (C) 熔合 (D) 注入

6. 事實上，地表接受到的太陽能是現已開發利用的兩萬倍之多。
   (A) 重複 (B) 接收 (C) 拒絕 (D) 減少

7. 報業不斷試圖挽救讀者量下滑的趨勢。
   (A) 嘲諷 (B) 折磨 (C) 下降 (D) 修剪

8. 我恐怕要拒絕與您共進午餐的邀請，因為我有一位重要客戶於十點有約。
   (A) 拒絕 (B) 接受 (C) 提供 (D) 拒絕

Ans: ADCBABCA

( ) **1.** She **needs** a flight to Australia to see her boyfriend immediately, but she doesn't know if she can buy the ticket. (找出同義字) [多益模擬真題]

(A) require (B) request (C) acquire (D) conquest

( ) **2.** If you want to be a flight attendant at China Airlines, the company _____ that your score at least 700 on TOEIC. Test. [多益模擬真題]

(A) requires (B) inquires (C) acquires (D) requests

( ) **3.** All passengers riding in cars are _____ to fasten their seatbelts in order to reduce the risk of injury in case of accident. [105 學測]

(A) sacrificed (B) injured (C) required (D) offended

( ) **4.** The report concludes with an earnest _____ to international policy markers to distribute financial and other resources to ease the regional crisis. [105 學測]

(A) conquest (B) request (C) perquisite (D) inquisition

( ) **5.** To care for old and sick people _____ love and patience. [英檢模擬真題 (中級)]

(A) to require (B) requiring (C) require (D) requires

( ) **6.** In addition, questions _____ a little thinking or leading to interesting answers are more desirable. [英檢模擬真題 (中級)]

(A) require (B) that require (C) to require (D) requiring

( ) **7.** Many careers require a college degree; some jobs, _____, only require previous experience.

(A) however (B) therefore (C) moreover (D) furthermore

1. 她需要馬上飛去加拿大找她男友，但是她並不知道她是否能夠拿到機票。

   (A) 要求 (B) 要求 (C) 獲得 (D) 征服

2. 如果你想成為中華航空的空服員，你的多益成績至少要到達 700 分。

   (A) 要求 (B) 詢問 (C) 獲得 (D) 要求

3. 為了減少意外傷害，所有乘車的民眾都必須要繫上安全帶。

   (A) 犧牲 (B) 受傷 (C) 需要 (D) 冒犯

4. 最後這份報導已要求世界各地的政策制訂者們分配包含了財務以及各項資源來幫助舒緩區域危機來作為結論。

   (A) 征服 (B) 請求 (C) 額外補貼 (D) 調查

5. 照顧老人與病人需要愛與耐心。

6. 此外，問題需要一些思考或者引導出有趣的答案會更有趣。

7. 許多學歷需要大學學歷，但是有些工作僅需要工作經驗。

   (A) 但是 (B) 因此 (C) 此外 (D) 此外

> 補充 常用的轉折詞
> (1)此外： in addition, additionally, besides, furthermore, moreover, also, what's more
> (2)然而： however, nevertheless
> (3)因此；結果： as a result, consequently, as a consequence, in consequence, hence, therefore, accordingly, thus, on this ground, because of this

Ans: BACBDBA

低頭族
Phubber

　　世界上第一支智慧型手機，是由 IBM 於 1994 年 8 月 6 日所推出的 Simon Personal Communicator。這是一款商用觸控型手機，可以使用觸控筆或手指控制界面，並且內建許多功能，例如：行事曆、計算機、通訊錄和記事本等。

　　然而，2007 年的 iphone 發布會，才真正促成智慧型手機的盛行，在全世界引起風潮。這項科技大大的改變現代人的生活──餐桌上不見寒暄交流，只見人們拿出手機拍攝食物、各自打卡上傳；大眾運輸上也很少看見乘客閱讀書籍，大多都忙著滑手機。在台灣，我們稱這些人為「低頭族」。

　　澳洲麥考瑞字典團隊邀請語言學家、作家以及詩人一同腦力激盪，想出了一個能夠完美呼籲現代生活的詞，「Phubber」這個詞因此應運而生。Phubber 是由 Phone（手機）與 Snub（冷落）兩個字彙結合而成，這個字彙清楚地反映出了現代社會因為滑手機而冷落的周遭事物的情形。

PART

09

易混淆的大考核心單字

81　能夠、可以
（able, capable）

☞ **be able to** 具備實質能力
☞ **be capable of** 強調能否勝任
☞ **capable/ able** 有能力的、能幹的

1： No one **is capable of** righting all the wrongs of the country.
沒有人**能夠**把這個國家撥亂反正。

2： The mayor **is not able to** fight crime.
市長**沒有能力**打擊犯罪。

3： Teresa is a very **capable/ able** executive in our company.
泰瑞莎在我們公司是個非常**能幹**的主管。

4： Tim is too tired, so he is barely able to walk.
提姆太累了，所以他幾乎走不動了。

5： My son **is capable of** dealing with difficult situations.
我兒子**有能力**應付困難的情況。（deal with 處理、應付）

6： Our employees are well-trained and very **capable**.
我們的員工受過專業培訓而且**非常能幹**。

7： Will you **be able** to hand in your homework on time?
你**能夠**準時繳交作業嗎？

82 ▶ 錯誤
（mistake, fault, error, blunder）

☞ **mistake (n.)** 意外導致的錯誤
☞ **fault (n.)** 知道會被責備的錯誤
☞ **error (n.)** 缺乏某個概念而產引發的錯誤
☞ **blunder (n.)** 通常是嚴重的大錯誤，由無知的行為導致的結果

1： Jenny is often **mistaken** for her sister. They look so alike.
珍妮常常被**誤認**為是她妹妹。她們太像了。

2： The accident was caused by **human error**.
這場意外是**人為疏失**。

3： It's my **fault** to be late.
遲到是我的**錯**。

4： I made a terrible **blunder** to trust her.
相信她真是天大的**錯誤**！

5： It was a big **mistake** to leave your cellphone at home.
把手機留在家裡真是個**錯誤**。

6： The grammatical **errors** in the book could not be ignored.
書本裡的文法**錯誤**不容忽視。

7： We are prone to make **mistakes** when we are busy.
當我們在忙碌的時候，通常容易犯**錯**。

8： The executive hit the ceiling because you made an astonishing **blunder**.
主管非常生氣，因為你犯了一個令人驚訝的**大錯**。

83 保持
（remain, retain）

☞ **remain (vi.)** 表示還是、仍然的意思
☞ **retain (vt.)** 指繼續維持、擁有的意思（與 maintain 當「維持」時可互換）

1： Salt is a natural way to help the body **retain** water.
鹽分是幫助身體**保持**水分的方式。

2： The fire protection system was **well-maintained**.
防火系統**保養得很好**。

3： The company wants to cut cost while simultaneously **maintaining / retaining** the existing levels of service.
公司想降低成本，但同時也想**維持**他們的服務水準。

4： This cloth **retains** its color.
這布不褪色。

5： The class started with forty students, but now only twenty-five **remained**.
這個班級一開始有四十個學生，但現在**剩** 25 個。

6： Many investors would **remain** hesitant about the stock market.
很多投資者仍然對股市**保持**觀望的態度。

7： She has lost her battle to **retain control** of the company.
她在爭權的時候失去了**掌權**公司的權利。

84　建議
(advise, suggest)

☞ advise (vt.) 具有豐富知識與經驗所提供的見解；名詞型態：advice
☞ suggest (vt.) 為了改善問題而提出建議、辦法，但不一定正確。

1： He **advised** his friend to choose the best shallots.
他建議朋友要挑選最好的蔥。

2： He **suggested** changing the plan.
他建議改變這個計畫。

3： Tom **suggested that** we (should) come the next Friday.
湯姆建議我們下星期五要來。

4： My **advice** to you is that you should pursue your dream.
我給你的建議是你應該要去追尋夢想。

5： I will refuse to sign the contract on the **advice** of my lawyer.
我會聽從律師的建議，拒絕在合同上面簽字。

6： They **advised** me to go into hiding for a while. I heard that the teacher is in rage.
他們建議我要去躲起來一下，聽說老師在生氣。

7： It is wrong of your friend to **suggest** it. It's illegal.
你的朋友這樣講是不對的。這是犯法的。

85 修正、修改
（amend, revise, modify）

☞ **amend (vt.)** 指在法律或法律文件上做更動；通常用以補充一些遺忘的條文
☞ **revise (vt.)** 因有新資料而做改變
☞ **modify (vt.)** 實體上的改善

1 : Since 1991, the National Assembly had **amended** the ROC Constitution six times.
自從 1991 年以來，國民大會已經修訂中華民國憲法六次。

2 : A good dictionary needs to be constantly **revised**.
好的字典須經常修訂。

3 : The lawmakers **amend** the constitutions to guarantee voting right for everyone.
立法委員修改憲法是為了保障所有人的投票權利。

4 : Please help me to **revise** my paper.
請幫我修正我的文件。

5 : I have **modified** the computer settings.
我已經修改了電腦設置。

6 : He **modified** the recipe by using oil instead of butter.
他修正了食譜，改用油而不是用奶油。

7 : The academy has **revised** its plans because of local objections.
由於地方反對，因此學院修改了她的計畫。

8 : The feedback will be used to **modify** the course for next year.
回饋單將會用來修正下一個年度的課程。

86 娛樂
（amuse, entertain）

☞ amuse (vt.) 以幽默的話或行動使人發笑。
☞ entertain (vt.) 招待、款待別人、使一群人感到開心

1 : Her story **amused** me very much.
她的故事讓我開懷。

2 : We **amused ourselves** by telling jokes.
我們說笑話自娛。

3 : The teacher hired a magician to **entertain** his students.
老師請了一位魔術師來娛樂學生。

4 : I heard a message that I thought might **amuse** you.
我收到了一則消息，或許可以讓你開心一下。

5 : The people were **entertained** with a display of aerobatics.
特技飛行表演使人民非常開心。

6 : They often **entertained** their friends on Friday.
他們經常在星期五招待朋友。

7 : Our job is to **amuse** our audience.
我們的工作就是要娛樂觀眾。

87 空的
（empty, vacant, blank）

☞ **empty (adj.)** 指內容是空的
☞ **vacant (adj.)** 指空間沒有被人占用，可供人使用；常用於廁所、座位等
☞ **blank (adj.)** 指空白的，例如紙或腦中一片空白

1： The glass is **empty**.
玻璃杯**空**了。

2： His position has been **vacant** for some time.
他的位置已經**空**了好一陣了。

3： Please leave a **blank space** between each word when you type.
打字時在每一個字之間留一個**空格**。

4： The house has been **vacant** since three years ago.
自三年前以來這棟房子就**沒有人住**了。

5： Does your hotel have any **vacant** room?
你的旅館還有**空**房嗎？

6： If the room is **vacant**, we can practice there.
如果房間**空**著，我們可以在那邊練習。

> **補充** Vacant 和 Empty 的比較
> (1) There are two empty houses nearby the hospital
> 在醫院附近有兩間空房子⇒無人居住，也沒有家具或其他東西的空房子。
> (2) There are two vacant houses nearby the hospital.
> 在醫院附近有兩間空房子⇒無人居住，可能有家具或其他雜物但沒有人住的空房子。

補充：Vacant 和 Empty 也能當作（心靈、精神上）空虛的；（言語上）空洞的

7： Will my life become **empty/ vacant** when I retire?
當我退休後我的生活會變得很**空虛**嗎？

88 入口
（access, entrance）

☞ **access (n.)(vi.)** 進入某地方的權限、方式。通常指密碼登入
☞ **entrance (n.)** 表示從外部進入內部的動作、建築物或其他道路的入口

1 : Only a few people have **access** to know the truth.
只有少數幾個人能了解真相。

2 : We can use the **back entrance** to the school.
我們可以從**後門**進入學校。

3 : The exam of university offers students from all backgrounds to **access** higher education for a better life.
大學入學考試給予各種學生有機會為了更好的生活而**接受**高等教育。

4 : Does the restaurant have free wireless internet **access**?
餐廳是否提供免費的無線上網呢？

5 : There is a "No **entry**" sign on the wall.
牆上標明了「禁止進入」的標誌。

6 : This is the only **access** to the security room.
這是進入警備室的唯一**通道**。

7 : This is our VIP entrance. I am afraid that you dont have **access** to the lounge.
這是供貴賓使用的入口。恐怕你沒有**進出**休息室**的許可**。

89 薪水
（salary, wage）

☞ **salary (n.)** 固定薪資（月薪、年薪）；多指聘用專業人士的薪資
☞ **wage (n.)** 工時薪資（日薪、時薪）；多指勞力獲得薪資

1： The **hourly wage** will NTD$ 500 if there are less than eight students in the class.
八個學生以內，**鐘點** 500 元。

2： He finally got a job in a company paying good **salaries**.
他終於在一家**薪水**高的公司裡找到一份工作。

3： Are you satisfied with your **salary**?
你對你的**薪水**滿意嗎？

4： My company made an adjustment in my **salary**, and I also got promoted.
我的公司對我的**薪資**做了調整，同時我也被升遷了。

5： What is the minimum **wage** in Canada?
加拿大的最低**工資**是多少呢？

6： The factory workers are protesting their low **wages**.
工廠工人在抗議低**薪資**。

7： Jane is on a **salary** of $35,000 dollars.
珍的**薪水**是 35,000 元。

90 　費用
(fee, fare, cost, change)

☞ **fee (n.)** 報名費、入場費等等
☞ **fare (n.)** 車費、船費或機票費
☞ **cost (n.)** 某個東西或計畫的成本
☞ **charge (n.)(vt.)(vi.)** 收費、特定的費用，如 handing charge 手續費

1： The bus **fare** is too expensive.
公車**費**好貴。

2： I'm afraid I can't afford the doctor's **fee**.
恐怕我付不起給醫生的**酬金**。

3： You can not reschedule the test, nor will the test **fee** be refunded.
不得申請延期或退還**費用**。

4： My manager suggests that we should cut down the **cost** of the project.
我的經理建議我們應該要減少計畫**成本**。

5： If you want to take out anything from the hotel, the **charge** will be deducted from the credit card.
如果你要從旅館帶走任何東西，**費用**將會從信用卡裡抵扣。

6： My brother just paid his driving school **fee** last month.
我弟弟上個月剛付完駕訓班**報名費**。

7： If you want to do the massage at the hotel, the **charge** is around $2,500 dollars.
如果你想在旅館做按摩，**費用**大約是 2,500 元。

8： I will be bent on winning **at all costs**.
我會**不惜一切代價**去贏得勝利。

( ) **1.** Will you _____ the flight on time? [英檢模擬真題 (中級)]

(A) be able to catching (B) be capable of catching (C) be able to catch (D) be capable of catch

( ) **2.** I know someone who _____ in charge of the project. [多益模擬真題]

(A) is able to be (B) is capable of be (C) is able to being (D) is capable of being

( ) **3.** It seems the sea snake is _____ to endure certain degrees of dehydration in between rains. [105 學測]

(A) disable (B) reliable (C) able (D) comfortable

( ) **4.** They don't look too revolutionary, but you'd be surprised how much they are _____. [90 學測]

(A) capable (B) capable of (C) capable to (D) able of

( ) **5.** If there are no further disruptions, we should be _____ to make our deadline at the end of the week. [多益模擬真題]

(A) able (B) disable (C) disposable (D) dispensable

( ) **6.** John is certain that he will be able _____ a parking place. [英檢模擬真題 (中級)]

(A) to find (B) finding (C) of finding (D) of find

( ) **7.** A bargain hunter must have patience, and above all, _____ recognize the worth of something when he or she see it. [多益模擬真題]

(A) is capable (B) is able to (C) be able to (D) be capable of

( ) **8.** Don't worry about him. He is _____ enough to take good care of himself. [英檢模擬真題 (中級)]

(A) flexible (B) flourishing (C) capable (D) agreeable

1. 你能夠準時搭上飛機嗎？

2. 我認識一個能夠負責這個計畫的人。

3. 海蛇似乎能夠在雨季間承受一定程度的脫水。

   (A) 不能 (B) 可靠的 (C) 能夠 (D) 舒適的

4. 這些項目看起來並不太具革命性，但你會對它們的功能感到驚訝。

5. 若沒有其他狀況，我們應該能夠在週末前按時完成。

   (A) 能夠 (B) 不能夠 (C) 拋棄式的 (D) 不必要的

6. 約翰很確定他能找到車位。

7. 撿便宜的人要有耐心，最重要的是，當他或她看到某件東西的價值的時候，就能夠知道它的價值。

8. 不用擔心他。他有能力照顧好他自己。

   (A) 有彈性的 (B) 茂盛的 (C) 有能力的 (D) 符合的、令人愉快的

Ans: CDCBAACC

( )**1.** It was the saddest and greatest _____ of my life to invest this stock. [英檢模擬真題 (中級)]

(A) error (B) flaw (C) blunder (D) shortcoming

( )**2.** There is _____ in your calculation. [英檢模擬真題 (初級)]

(A) a misfortune (B) an error (C) a flag (D) a blunder

( )**3.** Bitcoin can detect typos and usually won't let you send money to an invalid address by _____. [103 指考]

(A) mistake (B) issue (C) reputation (D) experiment

( )**4.** Speech that is slow, because it is laced with pauses or _____, is a more reliable indicator of lying than the opposite. [100 學測]

(A) problem (B) errors (C) erasure (D) erection

( )**5.** It was my _____ that there was an error in the manufacturing process. [多益模擬真題]

(A) faucet (B) favor (C) fault (D) fealty

( )**6.** I committed a _____ of leaving my car's window open. [英檢模擬真題 (中級)]

(A) mistake (B) mischance (C) misgiving (D) misuse

( )**7.** Our president was invited a speech to boost the _____ of the soldiers. [多益模擬真題]

(A) moral (B) mourn (C) morale (D) mobilize

82 解題說明

1. 投資這支股票是我一生中最難過且最重大的錯誤。
   (A) 錯誤 (B) 缺點 (C) 錯誤 (D) 缺點

2. 你的計算有問題。
   (A) 不幸 (B) 錯誤 (C) 旗幟 (D) 錯誤

3. 比特幣可以偵測打字錯誤，通常並不允許你誤匯錢到無效位址。
   (A) 錯誤 (B) 問題 (C) 信譽 (D) 實驗

4. 說話速度慢的人談話因為參雜停頓或錯誤，反而更有可能是說謊的指標。
   (A) 問題 (B) 錯誤 (C) 刪除 (D) 豎立

5. 生產製程出現問題是我的錯誤。
   (A) 水龍頭 (B) 贊同 (C) 錯誤 (D) 忠貞

6. 我犯了個錯，讓車子的窗戶開著。
   (A) 錯誤 (B) 不幸、災難 (C) 不安、憂慮 (D) 濫用

7. 總統受邀演講以提振士兵士氣。
   (A) 道德 (B) 哀悼 (C) 士氣 (D) 動員

1
2
3
4
5
6
7
8
9
10

Ans: CBABCAC

( ) **1.** This chamber _____ cool all summer. [英檢模擬真題 (初級)]

(A) attains (B) detains (C) remains (D) sustains

( ) **2.** How does this puissant country _____ its dominance? [英檢模擬真題 (中級)]

(A) maintain (B) contain (C) attain (D) pertain

( ) **3.** The lithium-ion battery has its drawbacks. It's fragile and requires a protection circuit to _____ safe operation. [104 指考]

(A) paddle (B) parallel (C) maintain (D) prune

( ) **4.** Bresson's approach to photography _____ much the same throughout his life. [104 學測]

(A) quivered (B) reversed (C) rippled (D) remained

( ) **5.** It has been raining for four hours. _____ forever. [英檢模擬真題 (初級)]

(A) Either we go now or we remain here (B) Neither we go now or we remain here (C) Either we go now nor we remain here (D) We are neither here nor there

( ) **6.** You shouldnt join too many activities after school. You must _____ on your studies instead; otherwise, you will fail this semester. [英檢模擬真題 (中級)]

(A) attract (B) focus (C) evaluate (D) expel

( ) **7.** No matter how bright a talker you are, there are times when it is better to _____ silent. [多益模擬真題]

(A) remain (B) redundant (C) repeat (D) reflective

1. 這個房間整個夏天都很涼爽。
   (A) 獲得 (B) 扣押 (C) 保持 (D) 維持生命

2. 這個強盛的國家如何維持統治？
   (A) 維持 (B) 包含 (C) 獲得 (D) 屬於

3. 鋰離子電池有其缺點。它很脆弱而且需要
   一個保護電路來維持安全。
   (A) 槳 (B) 平行 (C) 維持 (C) 修剪

4. Bresson 終生都以一貫的方式進行攝影。
   (A) 顫動 (B) 顛倒 (C) 波紋 (D) 保留

5. 下雨四個小時了。要就現在走不然就留在這裡。

6. 你不應該參加太多的課後活動。相反的你應該要專注在學業上，否則你
   這學期會被當。
   (A) 吸引 (B) 專注 (C) 評估 (D) 驅逐

7. 不論你是多麼健談的人，總是有這麼幾次會認為靜默是最好的選擇。
   (A) 保持 (B) 多餘的 (C) 重複 (D) 反射的

Ans: CACDABA

( ) **1.** I suggested/ advised that Jane _____ the chemistry lab right away. [多益模擬真題]

(A) visiting (B) visited (C) visit (D) visits

( ) **2.** Jay suggested _____ lies to Alice. [英檢模擬真題(中級)]

(A) not to tell (B) not told (C) not telling (D) not tells

( ) **3.** He suggested _____ to Paris. [英檢模擬真題(中級)]

(A) go (B) going (C) goes (D) went

( ) **4.** I advise you _____ off this minute! (Alice's Adventure in Wonderland) [英檢模擬真題(中級)]

(A) to leave (B) leave (C) leaving (D) left

( ) **5.** Many of them have _____ bullying as one of the reasons of this decline in emotional sensitivity and acceptance of violence as normal. [100 指考]

(A) umpired (B) suggested (C) wailed (D) whirled

( ) **6.** Local firefighters will provide practical _____ to prevent the accident from happening again. [多益模擬真題]

(A) advice (B) adventure (C) advance (D) adjure

( ) **7.** The prince is able to regain consciousness _____ that you kiss him. [英檢模擬真題(中級)]

(A) in spite of the fact that (B) with open arms (C) on one condition (D) for the purpose of

1. 我建議珍要馬上拜訪實驗室。

2. 杰建議不要跟艾莉絲說謊。

3. 他建議要去巴黎。

4. 我建議你要馬上離開。

5. 他們許多人將霸凌歸因於情緒敏感與暴力接受度下降的原因之一。

   (A) 裁定 (B) 建議 (C) 哀鳴 (D) 迴旋、旋轉

6. 當地的消防員會提供實質建議為了避免意外再次發生。

   (A) 建議 (B) 冒險 (C) 前進 (D) 懇請

   > 補充 意志動詞的用法
   >
   > 文法：S1 + suggest/ require/ order/ rule/ advocate + that + S2 (+ should) + **be/VR**⋯
   >
   > 表命令、建議、要求的名詞子句
   >
   > (1) 表「命令」：order、command
   >
   > E.g.：The **chairman** commanded that all staff (should) come on time.
   > 主席**要求**全員要準時到位。
   >
   > (2) 表「建議」：suggest、recommend、advise、urge（呼籲）
   >
   > E.g.：The doctor **advised** that the patient (should) stop smoking.
   > 醫生**建議**病人要戒菸。
   >
   > (3) 表「要求」：ask、desire、demand、require、request、insist（堅持；要求）
   >
   > E.g.：I **required** that I (should) have right to know the truth.
   > 我**要求**我有權利得知真相。
   >
   > (4) 表「規定」：rule、regulate、stipulate
   >
   > E.g.：The school **ruled** (that) no student (should) play truant.
   > 學校**規定**學生不准逃學。
   >
   > (5) 表「主張」：advocate、maintain
   >
   > E.g.：They **advocate** the concept of environmental protection.
   > 他們**宣導**環境保育的概念。

7. 王子可以甦醒過來，但有個條件就是你要親吻他。

   (A) 儘管 (B) 熱情地、友好地 (C) 在一個條件之下 (D) 為了⋯目的

( ) **1.** If you want to know what your dreams mean, now there are websites you can visit to help you _____ them. [101 學測]

(A) overcome (B) interpret (C) transfer (D) revise

( ) **2.** This document must be revised before it will be ready for _____. [多益模擬真題]

(A) resignation (B) signature (C) design (D) designate

( ) **3.** The _____ was amended in 1920 to give everyone the right to vote. [英檢模擬真題(中級)]

(A) institution (B) restitution (C) constitution (D) prostitution

( ) **4.** Please _____ your essay and have it for me by tomorrow. [英檢模擬真題(中級)]

(A) revise (B) model (C) amend (D) altar

( ) **5.** _____ the proposal immediately, or the manager will be angry at you! [多益模擬真題]

(A) Modifying (B) To modify (C) Modifies (D) Modify

( ) **6.** Scientists are trying to genetically _____ the world in which we live. [103 指考]

(A) modify (B) mobilize (C) mock (D) model

( ) **7.** We are planning to _____ our engagement to everyone. [英檢模擬真題(中級)]

(A) amputate (B) amend (C) announce (D) anticipate

1. 如果你想了解你的夢有何含意，現在有幫你解讀它們的網站。
   (A) 克服 (B) 解讀 (C) 轉變 (D) 修訂

2. 在這份文件簽名之前還需要做修訂。
   (A) 辭職 (B) 簽名 (C) 設計 (D) 指定

3. 憲法在 1920 年時被修正要給予所有人投票的權利。
   (A) 機構 (B) 歸還 (C) 憲法 (D) 賣淫

4. 請修正你的文章並在明天之前交給我。
   (A) 修正 (B) 模仿 (C) 修正 (D) 祭壇

5. 現在馬上修改這份計劃，不然經理會很生氣。

6. 科學家正嘗試基因改造我們居住的世界。
   (A) 修正 (B) 動員 (C) 嘲笑 (D) 模仿

7. 我們計劃要跟所有人宣布訂婚的消息。
   (A) 切除 (B) 改善 (C) 宣布 (D) 預期

Ans: BBCADAC

( ) **1.** The book is not only informative but also _____ , making me laugh and feel relaxed while reading it. [英檢模擬真題（中級）]

(A) understanding (B) infecting (C) entertaining (D) annoying

( ) **2.** Finally, in hate-me humor, the joker is the _____ of the joke for the amusement of others. [101 指考]

(A) target (B) budget (C) gadget (D) nugget

( ) **3.** Some people think that watching television is more _____ and relaxing than reading. [96 學測]

(A) entertained (B) entertaining (C) entertainment (D) entertainer

( ) **4.** Mike is a machine operator. His life in the factory is so **dull** that he often sings to entertain himself. （找出同義字） [多益模擬真題]

(A) uninteresting (B) professional (C) challenging (D) charming

( ) **5.** For men, "Nothing" may be a ritual _____ at the start of a conversation. [英檢模擬真題（中級）]

(A) conflict (B) entertainment (C) repeat (D) response

( ) **6.** At the _____ park, they went on the rides, played games, and saw many animals. [英檢模擬真題（中級）]

(A) department (B) element (C) amusement (D) astonishment

( ) **7.** Dolphins are taught by _____ to do many tricks to entertain the audience. [英檢模擬真題（中級）]

(A) trainers (B) counselors (C) executives (D) assistants

1. 這本書不僅內容豐富而且有趣，當我閱讀時能感到放鬆且開懷大笑。

   (A) 可理解的 (B) 有感染力的 (C) 有趣的
   (D) 惱人的

2. 最後，自我嘲笑式的幽默裡，開玩笑的人會開自己的玩笑以取悅他人。

   (A) 目標 (B) 預算 (C) 小工具 (D) 珍品、天然金塊

3. 有些人認為看電視比起閱讀更令人感到愉快。

4. 麥克是機器操作員。他在工廠的生活很無聊，以至於他經常唱歌來娛樂自己。

   (A) 無趣 (B) 專業 (C) 具挑戰性 (D) 迷人

5. 對於男人而言，「沒什麼」也許是開始談話的問候句。

   (A) 衝突 (B) 娛樂 (C) 重覆 (D) 回應

6. 在遊樂園裡，孩子們騎著車、玩著遊戲，還看到了許多動物。

   (A) 部門 (B) 成份 (C) 娛樂 (D) 驚訝

7. 海豚被訓練員教了很多把戲要來娛樂觀眾。

   (A) 訓練員 (B) 顧問 (C) 主管 (D) 助手

Ans: CABADCA

( ) **1.** Peter plans to hike in a _____ part of Africa, where he might not meet another human being for days. [106 學測]

(A) native (B) tricky (C) remote (D) vacant

( ) **2.** After all, a brain is not a computer. We are not blank hard drives waiting _____ with data. [94 學測]

(A) be filled with (B) to be filled of (C) to fill with (D) to be filled with

( ) **3.** The offices were vacant for over a year, but now they are fully _____. [多益模擬真題]

(A) occluded (B) occupied (C) occurred (D) occasional

( ) **4.** It is difficult to find a _____ seat in the stadium because there are so many people coming to see the baseball game. [英檢模擬真題 (中級)]

(A) vacant (B) vaccinal (C) vulgar (D) vulnerable

( ) **5.** The content of the speech seems empty and probably won't _____ to the audience. [英檢模擬真題 (中級)]

(A) restrict (B) contact (C) isolate (D) appeal

( ) **6.** They are going to build a big office block on that _____ piece of land. [英檢模擬真題 (中級)]

(A) shadow (B) vacant (C) shallow (D) vacuum

( ) **7.** You can find a great _____ of books and magazines in the library. [英檢模擬真題 (中級)]

(A) blank (B) variety (C) deal (D) naughty

1. Peter 計畫到非洲的偏遠地區健行,他可能在那邊好幾天都不會遇到其他人。

   (A) 出生國的 (B) 難對付的 (C) 偏僻的
   (D) 空缺的

2. 畢竟人類大腦不像電腦,我們並非空白硬體等著被填塞資料。

3. 這些辦公室已空了一年多了,但現在已全部被佔用。

   (A) 封閉 (B) 佔據 (C) 發生、出現 (D) 偶然的

4. 很難在體育場裡面找到位置,因為來看棒球比賽的人實在是太多了。

   (A) 空缺的 (B) 疫苗的 (C) 粗俗的 (D) 脆弱的

5. 這個演講似乎很空洞,而且有可能沒有辦法吸引觀眾。

   (A) 限制 (B) 接觸 (C) 使隔離 (D) 吸引

6. 他們即將在那塊土地建一棟大型辦公大樓。

   (A) 陰影 (B) 空的 (C) 膚淺的 (D) 吸塵器

7. 你可以在圖書館裡面找到很多很棒的書。

   (A) 空白的、空的 (B) 各式各樣的 (C) 大量、許多 (D) 頑皮的

> **補充** a variety of 各式各樣的;a great deal of 大量、許多(後面接不可數名詞)

Ans: CDBADBB

( ) **1.** Shouting greetings and waving a big sign, Tony _____ the passing shoppers to visit his shop and buy the freshly baked bread. [106 學測]

(A) accessed (B) edited (C) imposed (D) urged

( ) **2.** Originally from tropical South America, the red fire ant _____ entry to the United States through the port of Mobile, Alabama in the late 1930s on cargo ships. [94 學測]

(A) gained (B) bargained (C) stainless (D) regained

( ) **3.** I can't get into the storage room at the office, because its _____ is restricted to staff members only. [多益模擬真題]

(A) process (B) access (C) recess (D) excess

( ) **4.** If we get separated, let's meet at the _____ in an hour. [多益模擬真題]

(A) entrepreneur (B) entrance (C) entertainment (D) enemy

( ) **5.** We may not be able _____ the conference if we don't have temporary visiting pass. [英檢模擬真題 (中級)]

(A) to access (B) in access (C) in accessing (D) to accessing

( ) **6.** Jimmy has _____ canceled his plan to study abroad because he is now preparing for the domestic college entrance exam. [英檢模擬真題 (中級)]

(A) regularly (B) apparently (C) fluently (D) daily

( ) **7.** After the speaker finished his talk, he made a quick _____ from the meeting room. [多益模擬真題]

(A) exist (B) exit (C) exaggerate (D) examine

1. 大聲打招呼和揮動大招牌，Tony 鼓勵路過的顧客到他店鋪買剛出爐的麵包。

   (A) 進入 (B) 編輯 (C) 強加 (D) 促使

2. 來自於熱帶的南美洲，紅火蟻於一九三○年代末期隨著貨輪由阿拉巴馬州莫比爾港進入美國。

   (A) 獲得 (B) 議價 (C) 不鏽的 (D) 恢復

3. 我沒辦法進入辦公室的儲藏室裡面，因為只有工作人員可以進入。

   (A) 處理 (B) 權限 (C) 倒退 (D) 超越、過度

4. 如果我們分開了，一小時後就在入口處見吧。

   (A) 企業家 (B) 入口 (C) 娛樂 (D) 敵人

5. 如果沒有通行證的話，我們就不能進入會議室裡面了。

6. 很顯然地，吉米取消了國外讀書的計畫，因為他現在在準備國內的大學考試。

   (A) 規律地 (B) 顯然地 (C) 流利地 (D) 每日地

7. 在演講結束後，演講者迅速地從會議室裡離開。

   (A) 存在 (B) 離開 (C) 誇張、誇大 (D) 檢查

Ans: DABBABB

( ) **1.** After spending most of her salary on rent and food, Amelia ＿＿＿ had any money left for entertainment and other expenses. [106 學測]

(A) barely (B) fairly (C) merely (D) readily

( ) **2.** The workers are ＿＿＿ their low wages. [多益模擬真題]

(A) profaning (B) professing (C) protesting (D) protecting

( ) **3.** John earns a good ＿＿＿ on Fridays. [英檢模擬真題 (中級)]

(A) wage (B) wag (C) wagon (D) whisky

( ) **4.** What kind of thinking patterns do people ＿＿＿ high salaries have? [多益模擬真題]

(A) on (B) in (C) with (D) about

( ) **5.** Kevin Durant's new annual ＿＿＿ will be over US$27 million! [英檢模擬真題 (中級)]

(A) salary (B) salad (C) saline (D) salvage

( ) **6.** In 2017, the number of wage and salary workers ＿＿＿ to unions increased to 1.48 million. [多益模擬真題]

(A) belonging (B) belong (C) belonged (D) belongs

( ) **7.** The minimum ＿＿＿ is the lowest amount of money an employer is allowed to pay an employee. [多益模擬真題]

(A) wage (B) vogue (C) vague (D) wack

1. 將大部分薪水花費在房租與飲食後，Amelia 幾乎沒有剩餘的錢可用在娛樂與其他開銷上。

   (A) 幾乎沒有 (B) 相當 (C) 僅僅 (D) 很快地

2. 勞動者正為低薪抗爭。

   (A) 褻瀆、濫用 (B) 告解 (C) 抗議 (D) 保護

3. 約翰每週五領薪水。

   (A) 薪水 (B) 搖擺 (C) 馬車 (D) 威士忌

4. 領高薪的人都在想什麼？

5. 凱文‧杜蘭特新一季的年薪會超過 2700 萬美元。

   (A) 薪水 (B) 沙拉 (C) 鹽湖 (D) 急難救助金

6. 2017 年參加工會的人數將會增加到 148 萬人。

   > 補充 子句可透過兩個動作進行改寫：① 關代省略；②主動 ing
   > 原句：In 2017, the number of wage and salary workers **who belong** to unions increased to 1.48 million.
   > ⇒ In 2017, the number of wage and salary workers ~~who~~ **belonging** to unions increased to 1.48 million

7. 最低工資是指雇主支付給員工的最低金額。

   (A) 工資 (B) 時尚 (C) 模糊的 (D) 古怪的人

( ) **1.** Even graduates _____ work outside universities may not fare all that well. [100 指考]

(A) which find (B) finds (C) who find (D) whom find

( ) **2.** The _____ costume party, held every September, is one of the biggest events of the school year. [108 學測]

(A) initial (B) annual (C) evident (D) occasional

( ) **3.** The restaurant has a _____ charge of NT$250 per person. Therefore, the four of us need to pay at least NT$1,000. [英檢模擬真題 (中級)]

(A) definite (B) minimum (C) flexible (D) numerous

( ) **4.** Parents could be charged with neglect or abandonment if they leave their young children home alone without adult _____. [105 指考]

(A) intuition (B) supervision (C) compassion (D) obligation

( ) **5.** Guests are advised to check out before 12, or extra fee will _____. [多益模擬真題]

(A) charge (B) charging (C) charged (D) be charged

( ) **6.** We have decided to downsize the company in order to _____ the cost. [多益模擬真題]

(A) lower (B) louse (C) lose (D) loot

( ) **7.** The agency operates on a commission basis and don't _____ handling fee of any kind. [多益模擬真題]

(A) charge (B) chart (C) chase (D) chant

1. 即使是在大學以外地區工作的畢業生發展也不怎麼好。

2. 這個年度化妝舞會是在每年九月舉辦,為學年盛事之一。

   (A) 最初的 (B) 年度的 (C) 顯然的
   (D) 偶爾的

3. 餐廳最低消費是一人 250 元。因此,我們四人合計至少需付一千元。

   (A) 明確的 (B) 最少的 (C) 有彈性的 (D) 許多的

4. 父母若將幼兒獨自留在家而沒有成人監督,會被指控疏失或遺棄。

   (A) 直覺 (B) 監督 (C) 同情 (D) 義務

5. 12 點前要退房,否則將會收取額外的費用。

6. 我們決定縮減公司規模以降低成本。

   (A) 降低 (B) 清除 (C) 遺失 (D) 搶劫

7. 這個代理是採取傭金制而且不收任何手續費。

   (A) 收費 (B) 製成圖表 (C) 追逐 (D) 吟誦

Ans: CBBBDAA

亂闖馬路
Jaywalk

Jaywalk 這個字常用來形容「行人走路不遵守交通規並且擅闖紅燈」，它的起源其實頗帶有歧視性的意味，也可以說是都市人對鄉下人的嘲弄。

早在 16 世紀，英國的城市慢慢在發展起來的時候，都市人認為進城的鄉下人說話不懂輕聲細語、不守交通規則，看到城裡巨大的建築時還會驚嘆連連，這種缺乏文明的舉止被城裡人恥笑。由於 Jay（松鶴）是一種呆頭呆腦、嘰嘰喳喳叫個不停的鳥，於是都市人就把松鶴的形象冠在鄉下人頭上，時常用 Jay 來代表蔑稱對方是鄉巴佬。

到了 20 世紀初，那些不遵守交通規則擅闖紅燈的行人，便逐漸被稱為 Jaywalker。

PART 10

易混淆的大考核心單字

91. 會議（conference, meeting, seminar, symposium）
92. 固定起來（clip, fasten, fuse, hook, nail, pin, tie, adhere）
93. 道路（alley, avenue, boulevard, driveway, footpath, freeway, highway, sidewalk, underpass, trail）
94. 聯盟（league, union, federation, coalition）
95. 允許（allow, permit）
96. 保存、保留、保育（conserve, preserve）
97. 執照、證照（certificate, license）
98. 回應、回覆（reply, respond）
99. 演講（speech, lecture, address）
100. 給予（give, offer, provide, supply）

91　會議
（conference, meeting, seminar, symposium）

☞ **conference** (n.) 大型的正式會議，有完整的議程
☞ **meeting** (n.) 公司的簡報會議或小型會議
☞ **seminar** (n.) 學術研討會
☞ **symposium** (n.) 與會人士在某領域都具備專業知識

1： I will attend a **conference** in Taichung next week.
我下週會在台中參加一場**會議**。

2： No phone interruption during the **meeting**.
開會時請不要有手機干擾。

3： All employees are required to attend the training **seminar**.
所有員工都需要參加這一個訓練**研討會**。

4： John will attend a **symposium** on European cinema.
約翰將會參加一個歐洲的電影**研討會**。

5： We will have a **meeting** on Thursday to discuss the problem.
我們在星期四**開會**時有個問題要討論。

6： As a later news **conference**, the minister said that the situation should not be dramatized.
在後來的新聞**發佈會**上，部長說情況不應該誇大。

7： Can we have a **meeting** to discuss that case?
我們可以**開會**討論一下那個案子嗎？

92 ▸ 固定起來
（clip, fasten, fuse, hook, nail, pin, tie, adhere）

☞ **clip (vt.)** 用別針或夾子固定；**(n.)** 迴紋針
☞ **fasten (vt.)** 用扣子或勾子等固定物品
☞ **fuse (vt.)** 融合
☞ **hook (vt.)** 用鉤子勾住
☞ **nail (vt.)** 用釘子釘牢；**(n.)** 指甲
☞ **pin (vt.)** 用別針固定
☞ **tie (vt.)** 用繩子或帶子綑綁
☞ **adhere to (vi.)** 黏貼

1 : I used paste to make my photo **adhere** to the application form.
我用糨糊把照片黏在申請書上。

2 : I used a clip to **attach** my photo to the paper.
我用別針把我的照片固定在文件上。

3 : You need to **fasten** your seat belt, or you may be fined.
你必須要繫上安全帶，否則會被開罰單。

4 : There's an invoice **pinned** on the wall.
那邊有一張發票被釘在牆上。

5 : My car has just been **hooked** onto a tow truck and towed away.
我的車子剛剛被勾上拖吊車，拖吊走了。

6 : The electrician **fused** two pieces of wire together.
電匠把兩條鐵絲融在一起。

7 : Please hammer a **nail** into the wall and we'll hang a picture.
請釘個釘子在牆上，我們會掛一張圖。

道路（alley, avenue, boulevard, driveway, footpath, freeway, highway, sidewalk, underpass, trail）

☞ **alley** (n.) 巷弄、小路
☞ **avenue** (n.) 鄉下的林蔭大道
☞ **boulevard** (n.) 都市的林蔭大道
☞ **driveway** (n.) 私用車道
☞ **footpath** (n.) 鄉間車道

☞ **sidewalk** (n.) 人行道
☞ **underpass** (n.) 地下道
☞ **trail** (n.) 鄉間小徑、山區小路
☞ **freeway** (n.) 高速公路
☞ **highway** (n.) 公路或省道

小訣竅 freeway / highway 皆為公路，有些地方會將 highway 稱高速公路，但以美國來說兩者有些許不同。freeway 的車道數量、速限比 highway 來得高，而 freeway 的 free 來自於沒有紅綠燈、不受燈號控管等限制。

1： Don't jaywalk. You have to go through the **underpass.**
不要闖馬路，你必須走**地下道**。

2： The local authorities plan to build guard rails along the hiking trail to prevent falls.
當地有關部門計劃在**登山步道**邊建立護欄，以防止有人墜落。

3： There is a network of connected footpaths in the **hills for hikers.**
在這座山裡有**步道**讓人健行。

4： We live in the same **alley.**
我們住在同一個**小巷**裡面。

5： Do you want to plant some **flowers** along your **driveway?**
你要沿著**停車道**種一些花嗎？

6： It's the entrance to the **freeway.**
這裡就是**高速公路**的入口。

7： Do you know where the Hollywood **boulevard** is?
你知道好萊塢**大道**在哪裡嗎？

94 聯盟
(league, union, federation, coalition)

☞ **league (n.)** 指運動隊伍的聯盟
☞ **union (n.)** 工人組織的聯盟／有共同目標的人結合的聯盟；公會、結合
☞ **federation (n.)** 指社團或政府的聯盟
☞ **coalition (n.)** 過去是敵對政黨的暫時聯盟

1 : The National **Federation** of Farmers' Clubs protested against the transfer of agricultural skills to a rival country.
農民社團全國聯盟抗議將農業技術轉移給競爭對手。

2 : In 1990, the ROC Professional Baseball **League** was born.
1990 年中華民國職業棒球聯盟誕生了。

3 : The **labor union** threatened to call a general strike if its demand for a pay raise which was rejected.
如果加薪的要求被拒絕的話，工會威脅要集體罷工。

4 : Tina is a member of the Ivy **League**.
蒂娜是長春藤聯盟的一員。

5 : Some of the parties in Philippine formed a **coalition government**.
法國的一些政黨組成了一個聯合政府。

6 : International **Federation** of Association Football is abbreviated to FIFA.
國際足球總會縮寫為 FIFA。

7 : We are working for the **union** of the two companies.
我們正在為這兩間公司的合併而努力。

95 允許
(allow, permit)

☞ **allow (vt.)** 允許也有口頭或默許的意思
☞ **permit (vt.)** 指規定或法律等地允許，強調正式許可

 小訣竅 — allow /permit + sb. to V；allow/ permit + V-ing

1 : Don't **allow** yourself to be ruled by emotion.
不要感情用事。

2 : It doesn't conform to the business practice to **allow** your company to be overstaffed.
允許你的公司有過多的冗員是不符合商業慣例的。

3 : The use of mobile phones is not **permitted** inside the airplane.
飛機上**禁止**使用手機。

4 : Walking on the grass is **not allowed**.
不准踐踏草皮。

5 : John's parents won't **allow** him to study abroad.
約翰的父母不**允許**他出國念書。

6 : The hospital doesnt **permit** smoking inside.
醫院不**允許**在室內抽菸。

7 : **Permit** me to give you some advice.
請**允許**我給你一些建議。

96 保存、保留、保育
（conserve, preserve）

☞ **conserve (vt.)** 通過有計畫、有準備的方法來保存，避免破壞及浪費，如：節約用水

☞ **preserve (vt.)** 保持現況，不去接觸以免破壞，如：保存食物、保護古蹟、傳統

☞ **preservative (n.)** 防腐劑；**conservative (adj.)** 保守的

 小訣竅　conserve / preserve 經常被當作同義詞，但保護的方式有一點不一樣。

1 : **conserve** a rainforest / **preserve** a rainforest
保護森林不被濫伐 / 使森林保持在良好狀態

2 : Because of water shortage, everyone has to **conserve water**.
由於缺水，每個人都要節約用水。

3 : It's important to **conserve** natural resources by cutting down on water and electricity waste.
減少水電的浪費來保護自然資源是很重要的。

4 : The preservative can **preserve** food longer.
防腐劑可以使食物保存更久。

5 : The tradition should be **preserved**.
這個傳統應該要被保留下來。

6 : ore the invention of the refrigerator, salt was widely used to **preserve** food.
在電冰箱發明之前，食物很多都是用鹽保存的。

7 : In winter, some people **conserve energy** by lowing the heat at night.
很多人為了節省能源會在夜裡把暖氣調小。

97 執照、證照
（certificate, license）

☞ **certificate (n.)** 指官方所給予的證件或執照；完成某項訓練或課程所頒發的文件

☞ **license (n.)** 有了 license 就使你有權利去做某件事情。

1 : If you want to drive a car, you need to have a **car license** first.
如果你想開車，你必須先有**汽車駕照**。

2 : Judy showed me their **marriage certificate**.
朱蒂給我看他們的**結婚證書**。

3 : The driver's **license** was suspended.
駕駛**執照**被吊銷了。

4 : I passed the Cambridge First **Certificate**.
我通過了劍橋初級**證書**考試。

5 : You don't have a **license** for selling spirits.
你沒有賣酒的**許可證**。

6 : In our country, you need to get a **license** first if you want to run a bakery.
在我們國家，如果你想要經營一家麵包店，你必須先拿到**執照**。

7 : Show me your driving **license** and your insurance certificate.
給我看你的駕駛**執照**和保險證明。

98 ▶ 回應、回覆
（reply, respond）

☞ reply (vt.) 指回應的動作本身；回應
☞ respond (vt.) 回復的內容；回答；對…治療有良好反應

1：Thanks for your **reply**.
感謝你的回應。

2：Has your boyfriend **responded** to your letter?
妳男友有回覆你的信件嗎？

3：He **responded** "no" to my first question.
他對我第一個問題的回答是否定的。

4：He hasn't **reply** my question.
他還沒有回答我的問題。

5：I can give you a **reply**, but I can't give you a response.
我可以給你回應，但沒辦法回答你的內容。

6：Thank you for your swift **response** to my e-mail.
感謝您迅速地回應我的信件。

7：I will be very thankful if you **reply** me as soon as possible.
若您能盡速回覆我，我將會非常感激。

99 演講
(speech, lecture, address)

☞ **speech (n.)** 演講的通用說法
☞ **lecture (n.)** 學術演講
☞ **address (n.)** 官方 / 正式演講

1 : Our manager will **address** at 6:30 at the stadium.
我們經理 6:30 時會在體育場**演講**。

2 : The chairman made an opening **speech**.
主席做開幕**致詞**。

3 : Professor Lin will give us a **lecture** on poetry.
林教授將會為我們做詩歌的**學術演講**。

4 : I have never **made a speech** in my life.
我從來沒有**演講**過。

5 : The president **gave an address** at a welcoming ceremony for foreign visitors.
總統在外賓歡迎儀式上做**演講**。

6 : Im going to attend a **lecture** from 10 to 12 this morning.
我今天早上要去聽一場 10 點到 12 點的**講座**。

7 : Mr. Jackson will **address** you on the subject of war and peace.
傑克森先生將會為你們**演講**關於戰爭與和平的議題。

100 給予
(give, offer, provide)

☞ **give (v.)** 給予，強調給出
☞ **offer (v.)** 主動提出、自願給予（offer to V）；在買賣中出價（offer sb. sth. / offer sth. to sb.）
☞ **provide (v.)** 多指因需要而提供某事物，或為了應付緊急情況而提供某事物（provide sb. with sth. / provide sth. for/ to sb.）
☞ **supply (v.)** 強調大量和長期供應

1 : John **gave** his ticket to the woman at the counter.
約翰在櫃檯把票給了這女人。

2 : This company decided to **offer** this job to Tom.
這間公司決定給湯姆這份工作。

3 : After graduating from university, it will **provide** graduates with skill-related job openings.
從學校畢業之後，學校會提供畢業生技能相關的工作職缺。

4 : We **provide** food to/ for people in need.
⇒ We **provide** people in need with food.
我們提供食物給貧困的人。

5 : They **offered** me a glass of red wine.
⇒ They **offered** a glass of red wine to me.
他們提供了一杯紅酒給我。

6 : He **offered** me the house for five million dollars.
他開價五百萬元把房子賣給我。

7 : Our farm **supplies** the market with fruits and vegetables.
我們的農場提供市場水果跟蔬菜。

( ) **1.** The chairperson of the meeting asked everyone to speak up instead of _____ their opinions among themselves. [101 學測]

(A) reciting (B) giggling (C) murmuring (D) whistling

( ) **2.** It was a surprise in the _____ room when the chairman announced that he would be running for the president election. [多益模擬真題]

(A) inference (B) conference (C) difference (D) reference

( ) **3.** Where to _____ a seminar production business has been a big headache to James these days. [多益模擬真題]

(A) convene (B) convince (C) conceal (D) conquer

( ) **4.** Several speakers at the symposium _____ that global warming has gradually destroyed ecological balance. [英檢模擬真題 (中級)]

(A) accused (B) indicated (C) indisposed (D) inducted

( ) **5.** Peter has never been on time to meetings or appointments. It would be interesting to look into reasons why he is _____ late. [106 指考]

(A) chronically (B) hysterically (C) simultaneously (D) resistantly

( ) **6.** The conference was initially _____ to take place on July 7th, but due to the typhoon, it was cancelled at the last minute. [多益模擬真題]

(A) scheduled (B) assigned (C) schemed (D) assisted

( ) **7.** Whether the meeting will be held is _____ on the weather. If the typhoon comes, the meeting will be postponed. [英檢模擬真題 (中級)]

(A) conjugal (B) conjectural (C) contingent (D) contagious

1. 會議主席要求每人公開發表意見，而非彼此私下低聲表達意見。

   (A) 背誦 (B) 咯咯地笑 (C) 低聲說
   (D) 用口哨吹出 (曲調等)

2. 當主席宣布他將會參與下一任總統大選時，會議廳的與會人士覺得很驚訝。

    (A) 推論 (B) 會議 (C) 差別 (D) 提及、參考文獻

3. 這幾天提姆煩惱著要在哪裡召開生產業務大會。

   (A) 召集 (B) 使相信 (C) 隱藏 (D) 征服

4. 有幾位演講者在座談會上指出，全球暖化逐漸地破壞了生態平衡。

   (A) 指控 (B) 指出 (C) 使厭惡 (D) 引入

5. Peter 從未準時參加會議或赴約。研究他長期遲到的原因會很有意思。

   (A) 長期地 (B) 歇斯底里地 (C) 同時地 (D) 抵抗地

6. 會議最初是被安排在 7 月 7 號舉行，但由於颱風到來，它在最後一分鐘被取消了。

   (A) 安排 (B) 委任 (C) 計畫 (D) 協助

7. 會議是否舉行可能要取決於天氣，如果颱風來的話，會議將延後。

   (A) 結婚的 (B) 推測的 (C) 可能的 (D) 具傳染性的

Ans: CBABAAC

( ) **1.** While international trade has long been conducted in history, its economic, social, and political importance has been _____ in recent centuries. [107 學測]

(A) to the point (B) on the rise (C) off the hook (D) for the record

( ) **2.** All passengers riding in cars are required to fasten their seatbelts in order to reduce the risk of _____ in case of an accident. [105 學測]

(A) injury (B) offense (C) sacrifice (D) victim

( ) **3.** Paperclips were a Norwegian invention whose original function was _____ together. [104 學測]

(A) bind (B) binding (C) to bind (D) binded

( ) **4.** Five more Sunny Airlines pilots also _____ to fly the aircraft, citing their own concerns about the safety of the plane. [101 指考]

(A) confused (B) refused (C) fused (D) defused

( ) **5.** This seminar is a great _____-in with our anniversary celebrations. [多益模擬真題]

(A) split (B) tie (C) product (D) develop

( ) **6.** The flight attendant asked the passenger to _____ his cigarette and fasten his seat belt. [多益模擬真題]

(A) break out (B) put out (C) sell out (D) pull out

( ) **7.** It is getting dark now. Could you please _____ the light for me? [英檢模擬真題 (中級)]

(A) call on (B) set off (C) turn on (D) hook up

1. 國際貿易在經濟、社會以及政治上的重要
   性在近幾個世紀來日益增長。
   (A) 中肯 (B) 在增長 (C) 擺脫危境
   (D) 記錄在案

2. 車上所有的乘客都被要求繫上安全帶，為
   了車禍發生時能降低受傷的風險。
   (A) 受傷 (B) 冒犯 (C) 犧牲 (D) 受害者

3. 迴紋針是挪威的發明，其最初的功用是綑綁在一起。

4. 另有五名 Sunny 航空的駕駛也拒絕執行飛行任務，並提出他們自身對於
   飛機安全的疑慮。
   (A) 困惑 (B) 拒絕 (C) 融合 (D) 拆解

5. 這個研討會與我們的周年慶緊密結合。
   (A) 分裂 (B) 綁住 (C) 產品 (D) 發展

6. 空服員要求乘客將菸熄滅並繫上安全帶。
   (A) 爆發 (B) 熄滅 (C) 賣光 (D) 拔出

7. 天色變暗了。可以請您幫我把燈打開嗎？
   (A) 拜訪、號召 (B) 使爆發、出發 (C) 打開 (D) 用鉤子勾住

Ans: **BACBBBC**

( ) **1.** They canoed _____ rivers, hiked along muddy trails, and climbed into the forest to explore and learn. [91 學測]

(A) to (B) down (C) up (D) on

( ) **2.** Because of the tragic accident, traffic on the highway was _____ for over two hours. [93 指考]

(A) stabilized (B) measured (C) disrupted (D) announced

( ) **3.** Some sidewalk librarians say they have met more neighbors since _____ a little library in their front yard. [106 指考]

(A) have (B) had (C) having (D) being had

( ) **4.** We _____ every avenue but could not find a good solution. [多益模擬真題]

(A) exploded (B) implored (C) imploded (D) explored

( ) **5.** We were late because we took the wrong freeway _____. [多益模擬真題]

(A) exit (B) exist (C) extinct (D) exile

( ) **6.** He left the club and _____ a taxi to his house on Ninth Avenue. [英檢模擬真題（中級）]

(A) caught (B) catch (C) catching (D) be caught

( ) **7.** The thick morning fog led to a ten-car pile-up on the highway _____ rush hour yesterday. [多益模擬真題]

(A) among (B) during (C) owing to (D) although

( ) **8.** It is _____ to park cars on the sidewalk. [英檢模擬真題（中級）]

(A) illegible (B) illiterate (C) illegal (D) illuminating

1. 他們乘坐獨木舟順流而下，沿著泥濘的小徑健行，並爬入森林去探索和學習。

2. 由於不幸的事故發生，高速公路阻塞了超過了兩個小時。
   (A) 穩定 (B) 測量 (C) 中斷、使混亂
   (D) 宣布

3. 一些路邊圖書館員說，自從前院設置了小型圖書館後，他們認識較多的鄰居。

4. 我們探索每一條途徑，但沒有找到最適當的解決方法。
   (A) 爆炸 (B) 懇求 (C) 內爆 (D) 探索

5. 我們遲到了，因為下錯交流道。
   (A) 出口 (B) 存在 (C) 滅絕的 (D) 放逐

6. 離開俱樂部後，他叫了一輛計程車回到他在第九大道的房子。

7. 昨天清晨大霧，在尖峰時間於高速公路上導致了 10 輛車的連環車禍。
   (A) 在…之中 (B) 在…期間 (C) 由於 (D) 雖然

8. 把車停在人行道上面是違法的。
   (A) 字跡模糊的 (B) 不識字的 (C) 違法的 (D) 照明的、啟蒙的

Ans: BCCDAABC

( ) **1.** Dr. Begall and her _____ wanted to know whether larger mammals also have the ability to perceive magnetic fields. [98 學測]

(A) leagues (B) colleagues (C) labors (D) collectors

( ) **2.** In a wedding banquet it is common to see a pair of ice-sculpted swans that represent the _____ of the new couple. [97 學測]

(A) union (B) reunion (C) unit (D) unique

( ) **3.** The enemy's _____ is unstable. [英檢模擬真題 (中級)]

(A) confrontation (B) persuasion (C) coalition (D) isolation

( ) **4.** The skill of the union bargainers will determine whether the automobile _____ will reopen next week. [多益模擬真題]

(A) planet (B) plain (C) plant (D) plan

( ) **5.** The original coalition of 28 corporate backers of the libra cryptocurrency seems to _____. [多益模擬真題]

(A) dwindled (B) dwindling (C) be dwindled (D) be dwindling

( ) **6.** Tim was so deep in debt that he had to rely on his parents for a _____. [多益模擬真題]

(A) bailout (B) coalition (C) merchandise (D) desperation

( ) **7.** Industrial unions generally consist of a number of _____ groups. [多益模擬真題]

(A) divine (B) divisible (C) diverse (D) distractive

1. 貝果爾博士和她的同事們想知道較大體型的動物是否有察覺磁場的能力。

   (A) 聯盟 (B) 同事 (C) 勞工 (D) 收藏家

2. 在婚宴上，經常可以看到一對冰雕的天鵝，象徵新人的結合。

   (A) 結合 (B) 團聚 (C) 單位 (D) 獨特的

3. 敵人的聯盟很不穩固。

   (A) 對抗 (B) 說服 (C) 聯盟 (D) 隔離

4. 工會談判者的技巧能決定汽車工廠是否能在下周重新復工。

   (A) 行星 (B) 平原 (C) 植物 (D) 計畫

5. 最初有 28 家企業支持者的 libra 加密貨幣聯盟似乎正在縮小。

6. 提姆負債連連，以至於他需要仰賴父母的緊急援助。

   (A) 緊急援助 (B) 聯盟 (C) 貨物、商品 (D) 絕望

7. 產業工會一般由許多各式各樣的團體所構成的。

   (A) 神聖的 (B) 可分割的 (C) 不同的 (D) 分心的

Ans: BACCDAC

( ) **1.** That's why he did not allow _____ leaves or twigs from the forest to be removed. [105 學測]

(A) falling (B) fallen (C) fell (D) fall

( ) **2.** With rising oil prices, there is an increasing _____ for people to ride bicycles to work. [98 學測]

(A) permit (B) instrument (C) appearance (D) tendency

( ) **3.** The new software allows us to _____ music on a shared system. [英檢模擬真題 (中級)]

(A) upload (B) load (C) download (D) overload

( ) **4.** The hospital requires parents to provide a name for their infant before allowing it to be _____. [多益模擬真題]

(A) charmed (B) discharged (C) charged (D) charted

( ) **5.** Computer has experienced lots of improvements, _____ even children to use easily. [多益模擬真題]

(A) allow (B) allowance (C) allowed (D) allowing

( ) **6.** The party will be held in the garden if weather _____. [英檢模擬真題 (中級)]

(A) permits (B) admits (C) submits (D) emits

( ) **7.** Not until I begged and begged _____ to go to Tinas birthday party that night. [英檢模擬真題 (中級)]

(A) my mom allowed me (B) did allow my mom me (C) my mom did allow me (D) did my mom allow me

1. 這就是為什麼他不清理落枝和落葉。

2. 隨著油價的上漲，人們騎腳踏車上班有增加的趨勢。

   (A) 許可證 (B) 器具 (C) 外表 (D) 趨勢

3. 新的軟體可以讓我們在共享系統上面下載音樂。

   (A) 上載 (B) 裝載 (C) 下載 (D) 超載

4. 醫院要父母在生產前為孩子命名。

   (A) 迷住 (B) 生產、卸下、排放 (C) 充電 (D) 製作圖表

5. 電腦經歷了多次的改革，讓小朋友能更容易地使用它。

6. 如果天氣允許的話，派對將在花園裡舉行。

   (A) 允許 (B) 承認 (C) 屈服 (D) 發出

7. 直到我不斷地跟媽媽拜託，她才讓我去參加蒂娜的生日派對。

   > 補充　not…until（直到…才…）的用法
   > Eg: I couldn't afford to buy a house of my own until **I got married**.
   > 直到我結婚時我才有辦法買自己的房子。
   > （倒裝句）⇒ **Not until I got married** could I afford to buy a house of my own.
   > （強調句）⇒ It was not until I got married that I could afford to buy a house of my own.

Ans: BDCBDAD

319

( ) **1.** You can save your money by _____ energy. [多益模擬真題]
(A) reserving (B) conserving (C) preserving (D) observing

( ) **2.** It is highly important to _____ the environment. [英檢模擬真題（中級）]
(A) deserve (B) observe (C) preserve (D) reserve

( ) **3.** This product contains no artificial _____. [多益模擬真題]
(A) preservative (B) observation (C) observatory (D) reservation

( ) **4.** The candidate made energy _____ the central theme of his campaign, calling for a greater reduction in oil consumption. [103 指考]
(A) evolution (B) conservation (C) donation (D) opposition

( ) **5.** The most important thing was to make children understand why they sing these songs and _____ and pass on their culture. [104 學測]
(A) preserved (B) preserving (C) preservation (D) to preserve

( ) **6.** We must _____ our forests if we are to make sure of a future supply of wood. [英檢模擬真題（中級）]
(A) conserve (B) revise (C) reverse (D) preach

( ) **7.** The ship is _____ with special refrigerating devices to preserve food for the whole voyage. [多益模擬真題]
(A) located (B) attached (C) equipped (D) controlled

1. 節約能源可存錢。
   (A) 預定 (B) 節約、保存 (C) 保育 (D) 觀察

2. 保育環境是非常重要的。
   (A) 應得 (B) 觀察 (C) 保育 (D) 預定

3. 這個產品沒有人工防腐劑。
   (A) 防腐劑 (B) 觀察 (C) 天文台 (D) 預約

4. 此候選人以節約能源作為他競選的主軸，呼籲更進一步減少石油的消耗量。
   (A) 演化 (B) 節約 (C) 捐贈 (D) 反對

5. 最重要的是讓孩子們瞭解為何要吟唱這些古謠，並將他們的文化保存且傳承下去。

6. 如果我們要確保未來的木材供應，就必須要保育森林。
   (A) 保留 (B) 修訂 (C) 顛倒 (D) 佈道

7. 船上配備了特殊的冷藏設備，為了要在整個航程中保存食物。
   (A) 座落於 (B) 附上 (C) 配備 (D) 掌控

Ans: BCABDAC

( ) **1.** I am studying so hard for the forthcoming entrance exam that I do not have the _____ of a free weekend to rest. [95 學測]

(A) luxury (B) license (C) limitation (D) strength

( ) **2.** Under the approved legislation, models will have to present a medical _____ that proves they are healthy before being allowed to work in the fashion industry. [106 指考]

(A) coverage (B) certificate (C) operation (D) prescription

( ) **3.** You'll need the store _____ to show proof of purchase if you want to return any items you bought. [98 指考]

(A) credit (B) guide (C) license (D) receipt

( ) **4.** Have you licensed to sell _____ equipment? [多益模擬真題]

(A) medical (B) median (C) medicable (D) meditative

( ) **5.** You need to send in your birth certificate _____ the form to get a passport. [英檢模擬真題 (中級)]

(A) on (B) at (C) with (D) in

( ) **6.** You are not allowed to drive in any foreign countries without an International driving _____. [多益模擬真題]

(A) license (B) leisure (C) loop (D) lounge

( ) **7.** If you want to apply for this job, you need to _____ your graduation certificate with the form. [多益模擬真題]

(A) deal with (B) break down (C) hand in (D) bring up

1. 為了即將來臨的入學考試，我非常用功，週末休息對我而言太奢持，不可能去做。
   (A) 奢持 (B) 執照 (C) 限制 (D) 力量

2. 已通過的法條規定，模特兒在能進入時尚
   產業工作之前，須先提供可佐證他們身體
   健康的醫療證明。
   (A) 新聞報導 (B) 證書 (C) 操作、手術 (D) 處方箋

3. 如果你想退回所購買的任何商品，將會需要商店收據作為購買證明。
   (A) 信用 (B) 指南 (C) 執照 (D) 收據

4. 你有銷售醫療器材的許可證嗎？
   (A) 醫學的 (B) 中央的 (C) 有療效的 (D) 沉思的、冥想的

5. 你要將出生證明附上表格才能拿到護照。

6. 如果沒有國際駕照你不能在國外開車。
   (A) 執照 (B) 空閒 (C) 圈、環 (D) 休息室。

7. 如果你要應徵這個工作，你必須要將畢業證書連同表格一同呈上。
   (A) 處理 (B) 故障 (C) 繳交 (D) 提及、培養

Ans: ABDACAC

( ) **1.** They didn't _____ to our suggestion. [多益模擬真題]
(A) respond (B) compound (C) reply (D) comply

( ) **2.** The patient is _____ well to the chemotherapy. [英檢模擬真題（中級）]
(A) replying (B) responding (C) answering (D) creating

( ) **3.** The government issued a travel _____ for Taiwanese in response to the outbreak of civil war in Syria. [103 學測]
(A) alert (B) monument (C) exit (D) circulation

( ) **4.** We received a positive _____ from the client regarding our latest proposal. [多益模擬真題]
(A) respond (B) reply (C) provision (D) risk

( ) **5.** I am sorry I didn't replay yesterday, for I was _____ busy and I couldn't find any time to answer your question. [英檢模擬真題（中級）]
(A) casually (B) extremely (C) loosely (D) scarcely

( ) **6.** The actress gave an _____ reply to the question of her marital status, refusing to confirm her divorce. [英檢模擬真題（中級）]
(A) equal (B) equivocal (C) equitable (D) equable

( ) **7.** I _____ a moment before replying because I was not sure how to respond to you. [英檢模擬真題（中級）]
(A) hesitated (B) inherited (C) healed (D) hocked

1. 他們沒有對我們的建議做出答覆。
   (A) 回應 (B) 混合物 (C) 回覆 (D) 遵守

2. 這位病人的化療反應很好。
   (A) 回覆 (B) 對…作出反應 (C) 回答
   (D) 創造

3. 臺灣政府針對敘利亞內戰向國人發佈旅遊警戒。
   (A) 警戒 (B) 典範、紀念碑 (C) 出口 (D) 循環

4. 對於我們最近的提案，從客戶那邊收到了正面的反應。
   (A) 回應 (B) 回覆 (C) 供應、規定 (D) 風險

5. 很抱歉我昨天沒有回覆您，因為我太忙了以至於我沒有辦法挪出時間來回應您的問題。
   (A) 隨便地 (B) 極致地 (C) 寬鬆地 (D) 幾乎不

6. 這位女演員對於她的婚姻狀況含糊其辭，對於是否離婚仍不表態。
   (A) 相等的 (B) 含糊的 (C) 公正的 (D) 平靜的、變動小的

7. 在我回答之前我猶豫了一下，因為我不知道該如何回應你。
   (A) 猶豫 (B) 遺傳 (C) 治癒 (D) 抵押

Ans: CBABBBA

( ) **1.** Our president gave a public _____ to civilians. [多益模擬真題]
(A) press (B) address (C) lecture (D) adventure

( ) **2.** The speaker is in English _____. [英檢模擬真題 (中級)]
(A) speech (B) spear (C) lecture (D) agriculture

( ) **3.** He was invited to _____ on American literature at our college. [英檢模擬真題 (中級)]
(A) speech (B) acupuncture (C) lecture (D) fracture

( ) **4.** In his resignation speech, he blamed his failings _____ the fact that he was blood type B. [105 學測]
(A) in (B) on (C) at (D) over

( ) **5.** If dolphins can identify themselves and _____ friends with just a few squeaks, it's easy to imagine what else they are saying. [104 指考]
(A) address (B) wreath (C) accustom (D) alter

( ) **6.** This _____ is only useful in getting you the interview, but its not everything. [多益模擬真題]
(A) resume (B) lecture (C) portfolio (D) stock

( ) **7.** Dr. Chus speech on the new energy source attracted great _____ from the audience at the conference. [100 學測]
(A) attention (B) fortune (C) solution (D) influence

1. 總統今日做公開演講。
   (A) 報刊 (B) 演講 (C) 演講 (D) 冒險

2. 這個演說者用英文演講。
   (A) 演講 (B) 矛 (C) 演講 (D) 農業

3. 他被邀請來我們大學做美國文學的講座。
   (A) 演講 (B) 針灸 (C) 演講 (D) 骨折

4. 在辭職演說中,他將敗因歸咎於自己是 B 型的血型。

5. 如果海豚能藉由幾聲尖鳴來表明自己的身分或對朋友說話,那麼便不難想像牠們其他的說話內容了。
   (A) 對…講話 (B) 花圈 (C) 習慣於 (D) 改變

6. 這份簡歷僅對於面試有用,但並非全部。
   (A) 簡歷 (B) 演講 (C) 文件夾 (D) 股票

7. 朱博士以新能源為主題的演講相當吸引會議中聽眾的注意。
   (A) 注意 (B) 幸運 (C) 解答 (D) 影響

Ans: BACBAAA

100 測驗題

( ) **1.** He persuaded other people to _____ money or to _____ help. [英檢模擬真題 (中級)]

(A) provide；offer (B) offer；provide (C) provide；give (D) offer；supply

( ) **2.** Emergency supplies will be _____ to people who is in need. [多益模擬真題]

(A) implied (B) supplied (C) applied (C) complied

( ) **3.** He _____ to help me. [英檢模擬真題 (初級)]

(A) gave (B) offered (C) provided (D) supplied

( ) **4.** The bank **supplied** him with a loan $100,000. (找出同義字) [多益模擬真題]

(A) provide (B) invade (C) prevail (D) reply

( ) **5.** Considering the _____ of PhDs, some people have already begun to wonder whether doing a PhD is a good choice for an individual. [100 指考]

(A) oversupply (B) carnival (C) carnation (D) canary

( ) **6.** We _____ reliable advice to all our clients. [多益模擬真題]

(A) apply (B) provide (C) bring (D) benefit

( ) **7.** I know you are one of the largest furniture _____ in this region, so I guess you might be interested in our products. [多益模擬真題]

(A) distributors (D) attorneys (C) surgeons (D) clients

1. 他說服其他人提供金錢或施以援助。

2. 緊急物資將會被提供給需要的人。
   (A) 暗示 (B) 提供 (C) 申請 (D) 遵守

3. 他主動給予幫忙。

4. 銀行提供他 10 萬元的貸款。
   (A) 提供 (B) 入侵 (C) 盛行 (D) 答覆

5. 就博士學位供過於求的情形而論，有些人開始懷疑攻讀博士學位是否是
   個人的最佳選擇。
   (A) 供過於求 (B) 嘉年華會 (C) 康乃馨 (D) 金絲雀

6. 我們會給予所有的客戶提供可靠的建議。
   (A) 申請 (B) 提供 (C) 帶來 (D) 利益

7. 我了解貴公司是本地區最大的傢具經銷商之一，我想你應該會對我們的
   產品感興趣。
   (A) 經銷商 (B) 律師 (C) 外科醫師 (D) 顧客

迴紋針
Paper clip

　　迴紋針最早是出現在 19 世紀的挪威，目的是為了解決本來用大頭針（pin）別紙本造成容易受傷的問題。據說在 1899 年，挪威人約翰·瓦勒（Johan Vaaler）發明了迴紋針，並在美國、德國申請專利，被視為是迴紋針之父。但根據「辦公博物館」（Early Office Museum）的紀錄，迴紋針最早可追溯到 1867 年，是由一位美國人山姆·費伊（Samuel B. Fay）所發明，它是一種 X 形金屬環，原本是用來把車票夾在衣服上的，但也能用以固定紙張，變成了最早期的迴紋針。

　　至於迴紋針是如何變成國家的象徵呢？在第二次大戰期間，納粹侵入挪威，並禁止當地居民配戴任何具有國家精神的象徵。但挪威人並沒有屈服，他們將迴紋針別上了胸口，串成了人民對納粹的怒吼，形成了團結的象徵。因此在當時，配戴迴紋針的人民也有可能遭到納粹的逮捕。

國家圖書館出版品預行編目（CIP）資料

一本速學!秒懂考試最常用錯的英文字 / 許皓, 林哲宇著. -- 初版. -- 臺北
市 : 商周出版 : 家庭傳媒城邦分公司, 2020.04
　面； 公分
ISBN 978-986-477-822-5(平裝)

1.英語 2.詞彙

805.12   109003800

BO0312

一本速學！秒懂考試最常用錯的英文字

作　　　　者／許皓、林哲宇
責 任 編 輯／李皓歆
企 劃 選 書／陳美靜
版　　　　權／黃淑敏、翁靜如
行 銷 業 務／周佑潔、莊英傑

總　　編　　輯／陳美靜
總　　經　　理／彭之琬
事業群總經理／黃淑貞
發　　行　　人／何飛鵬
法 律 顧 問／台英國際商務法律事務所　羅明通律師
出　　　　版／商周出版
　　　　　　　臺北市 104 民生東路二段 141 號 9 樓
　　　　　　　電話：(02) 2500-7008　傳真：(02) 2500-7759
　　　　　　　E-mail: bwp.service @ cite.com.tw
發　　　　行／英屬蓋曼群島商家庭傳媒股份有限公司　城邦分公司
　　　　　　　臺北市 104 民生東路二段 141 號 2 樓
　　　　　　　讀者服務專線：0800-020-299　24 小時傳真服務：(02) 2517-0999
　　　　　　　讀者服務信箱 E-mail: cs@cite.com.tw
　　　　　　　劃撥帳號：19833503　戶名：英屬蓋曼群島商家庭傳媒股份有限公司城邦分公司
訂 購 服 務／書虫股份有限公司客服專線：(02) 2500-7718；2500-7719
　　　　　　　服務時間：週一至週五上午 09:30-12:00；下午 13:30-17:00
　　　　　　　24 小時傳真專線：(02) 2500-1990；2500-1991
　　　　　　　劃撥帳號：19863813　戶名：書虫股份有限公司
香 港 發 行 所／城邦（香港）出版集團有限公司
　　　　　　　香港灣仔駱克道 193 號東超商業中心 1 樓
　　　　　　　E-mail：hkcite@biznetvigator.com
　　　　　　　電話：(852) 25086231　傳真：(852) 25789337
　　　　　　　E-mail：hkcite@biznetvigator.com
馬 新 發 行 所／Cite (M) Sdn. Bhd.
　　　　　　　41, Jalan Radin Anum, Bandar Baru Sri Petaling, 57000 Kuala Lumpur, Malaysia.
　　　　　　　電話：(603) 9057-8822　傳真：(603) 9057-6622　E-mail: cite@cite.com.my

美 術 編 輯／簡至成
封 面 設 計／FE Design 葉馥儀
製 版 印 刷／韋懋實業有限公司
經　　銷　　商／聯合發行股份有限公司　電話：(02) 2917-8022　傳真：(02) 2911-0053
　　　　　　　地址：新北市 231 新店區寶橋路 235 巷 6 弄 6 號 2 樓

■ 2020 年 04 月 09 日初版 1 刷

ISBN　978-986-477-822-5
定價 390 元

城邦讀書花園
www.cite.com.tw